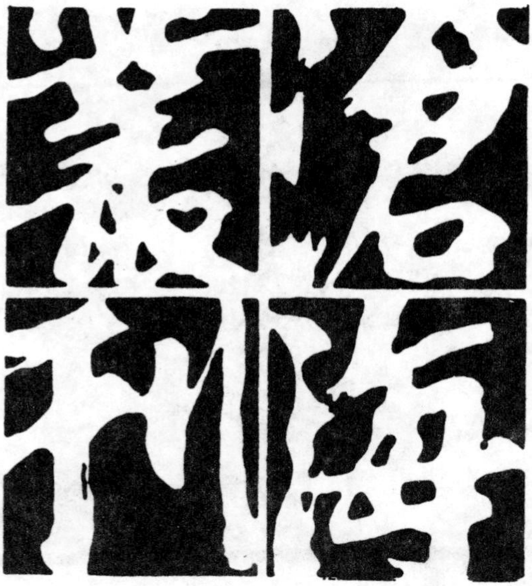

禪境與詩情

李杏邨 著

東大圖書公司印行

國立中央圖書館出版品預行編目資料

禪境與詩情／李杏邨著. --初版. --臺北市：東大發行：三民總經銷，民83
面：　　公分--（滄海叢刊）
ISBN 957-19-1661-7（精裝）
ISBN 957-19-1662-5（平裝）

1. 中國詩-哲學，原理

821.01　　83008311

© 禪境與詩情

著作人　李杏邨
發行人　劉仲文
著作財產權人　東大圖書股份有限公司
臺北市復興北路三八六號
發行所　東大圖書股份有限公司
地　址／臺北市復興北路三八六號
郵　撥／〇一〇七一七五——〇號
印刷所　東大圖書股份有限公司
總經銷　三民書局股份有限公司
門市部　復北店／臺北市復興北路三八六號
重南店／臺北市重慶南路一段六十一號
初　版　中華民國八十三年十月
編　號　E 82072
基本定價　叁元伍角陸分
行政院新聞局登記證局版臺業字第〇一九七號

ISBN 957-19-1662-5（平裝）

禪中有詩
詩中有禪

靈真題
時年八五

說，美國心理學家威廉詹姆斯（William James）所謂純經驗（Pure Experience），和宋儒程明道所說的「心普萬物而無心，情順萬物而無情」頗為近似。

證到這種境界的大修行人，如大夢初醒頓覺內心外境溶為一體，心外無法，法外無心，一切山河大地動植群品無非本地風光，一切妄想分別皆為夢影邊事，情識障除，心性無染，覺性顯發，量等虛空，打破乾坤共一家，得大自在，覺後言夢，夢不離覺，醒心入夢，不為夢惑，黃鶴樓、鸚鵡洲本屬夢影，不攻自破，何用拳打腳踢呢？

總結這個借詩談禪的公案，我不妨引述李通元的話，來印證情識皆空的心物統一境界：

「十世古今始終不離於當念，無邊剎境自他不隔於毫端。」

（原載《中國時報》）

一九九三年九月十五日序於美國加州矽谷

禪境與詩情 目次

自序

珊瑚枝枝撐著月

厚似鐵圍山上鐵，薄似雙成仙體纈。
蜀機鳳雛動麼蹩，珊瑚枝枝撐著月。

——禪月禪師・懷友詩

妄想元來本自真，除時又起一重塵。
言思動靜承誰力，仔細看來無別人。

——黃山趙文儒

舉僧問巴陵：「如何是吹毛劍？」陵云：「珊瑚枝枝撐著月。」

——《碧巖錄・卷十》

巴陵是雲門文偃的法嗣，爲雲門尊宿之一，他參禪悟道，承襲雲門的家風，以峻拔緊俏見長。關於雲門的家風，湛然居士〈序萬松老人萬壽語錄〉說：「雲門之中，明者明之於緊俏，昧者昧之於識情。」「昧之於識情」就是「搬弄識神影子」。換句話說，修道人在情識裡兜圈子，等於迷眞逐妄，要想見道，猶如霧裡觀花，終隔一重。這種「播弄精魂，情生智隔」的毛病，爲雲門的大忌，所以雲門說：

三乘十二分教，橫說豎說，天下老和尚，縱橫十字說，與我拈針鋒許說的道理來看？……更欲踏步向前，尋言逐句，求覓解會，千差萬別，廣設問難，贏得一場口滑，去道轉遠，有什休歇時？此事若在言語上，三乘十二分教，豈是無言語？因甚更道教外別傳？

——《指月錄·卷廿》

雲門的作風是峻拔緊俏，在一字一句中點出道眼，叫學人體取言外之意和弦外之音。

僧問：「如何是超佛越祖之談？」師（雲門）曰：「胡餅。」問：「如何是佛？」師曰：「乾矢橛（屎便）。」

——《指月錄・卷廿》

吹毛劍，鋒利無比，一根毫毛放在劍刃上，祇消吹一口氣，毫毛立斷，所以俗話又叫「吹毛立刃」。提出吹毛劍的和尚也是個行家。他認爲心靈之劍，也就是吹毛劍，銳不可當，快如電光，順手一揮便能斬斷學人的情纏意鎖，直取菩提。他提出這個問題來勘驗巴陵的參修功夫和見地，但是巴陵不肯，舉出：「珊瑚枝枝撐著月」來反駁他。

《首楞嚴經》說：「正性無不通，順逆皆方便。」所謂正性也就是本源眞性或自性，無所不在，無所不包，宇宙萬有，塵塵刹刹不出自性，但是自性本空，「於相而離相，於念而無念。」（《六祖壇經・定慧第四》）無煩惱可斷，無佛道可成，何待手揮慧劍斬斷情纏意鎖呢？《首楞嚴經》又說：「心能轉物，卽是如來。」就自性而言，菩提煩惱，同體異名，貪瞋癡的反面就是戒定慧，心路一轉，天地空濶，無人、無我、無世界，何有煩惱？何有菩提？貪瞋癡，戒定慧，皆如幻影虛聲，了不可得。

黃山趙文儒作頌云：

妄想元來本自真，除時又起一重塵。
言思動靜承誰力，仔細看來無別人。

宋張拙秀才也說：

斷除煩惱重添病，執著真如亦是邪。
隨順世緣無罣礙，涅槃生死等空花。

本源眞性，如皓月當空，光涵萬有，天上地下，光影交錯，重重無盡，光非月體，影非光生，光影雙亡，於月無減，光影雜沓與月無增，月光如水無孔不入，海底珊瑚與天心明月，雖隔水天，打成一片，此正所謂「正性無不通，順逆皆方便」。何用手揮吹毛劍截光去影，始見眞月呢？

「珊瑚枝枝撐著月」，是禪意詩情的形象化，使學人直起覺觀，「超以象外，得其圜中」。這也是繞路說禪一例。就詩學而言，這是情景交融、心境兩忘的境界，其高曠處不下於姜白石的〈揚州慢〉：

……過春風十里，盡薺麥青青，自胡馬窺江去後，廢池喬木猶厭言兵。漸黃昏清角，吹寒都在空城。……二十四橋仍在，波心蕩，冷月無聲。

我們仔細玩味「珊瑚枝枝撐著月」的名句，不難想像天宇開霽，滿月流輝，映水穿波，深入海底，銀輝如雪，無處無之，飄灑在枝幹杈枒的珊瑚樹上，如玉磋銀裝，映眼生輝，恍有珊瑚托月之感，如明月爲心，則珊瑚爲境，心境交融，物我兩忘，禪意詩情，打成一片，何有揮劍斬情絲的餘地呀！

雪竇重顯禪師作頌說：

要平不平，大巧若拙。

或指或掌，依天照雪。

大冶兮磨礱不下，良工兮拂拭未歇。

別別，

珊瑚枝枝撐著月。

案語：

禪門宗師應機施教，如古代劍俠路見不平，劍取人首，除暴安良❶，故曰：「要

❶《祖庭事苑》載〈孝子傳〉云：「楚王夫人，嘗夏乘涼，抱鐵柱感孕，後產一鐵塊，楚王令干將鑄爲劍，三年，乃成雙劍，一雌一雄。干將密留雄，以雌劍進於楚王，王祕置於匣中，常聞悲鳴。王問群臣，臣曰：『劍有雌雄，鳴者懷雄耳。』王大怒，卽收干將殺之。干將知其應，乃以劍藏屋柱中，因囑妻莫邪曰：『日出此戶，南山其松，松生於石，劍在其中。』妻後生男，名眉間赤，年十五問母曰：『父何在？』母乃述前事，久思維，剖柱得劍，日夜欲爲父報仇，楚王亦募覓其人，宣言：『有得眉間赤者厚賞之。』眉間赤遂逃。俄有客曰：『子得非眉間赤邪？』曰：『然。』客曰：『吾甑山人也，能爲子報父仇。』赤曰：『父昔無辜，枉被荼毒，君今惠念，何所領（求）邪？』客曰：『得子頭並劍。』客得之進於楚王，王大喜。客曰：『願煎油烹之。』王遂投（頭）於鼎中。客詒於王曰：『其首不爛。』王方臨視，客於後以劍擬，王頭墜鼎中。於是二首相嚙，客恐眉間赤不勝，乃自刎以助之。三頭相嚙，尋已俱爛。」

平不平。」

古詩云：

十年磨一劍，霜刃未曾試。

今朝把持君，誰有不平事？

禪客劍俠，涉世行道，和光同塵，深藏不露，大巧如拙，故巴陵在答客問中，手揮慧劍，暗取人首，而人不覺。但是殺人刀卽活人劍，死後復甦，情勢已轉，天地異色，才有見道的分兒。倚天神劍，光能照雪，無所不在，或現指上，或現掌中，是以禪門宗師應緣觸機，伸掌豎指，皆爲大機大用，倚天神劍，收發由心，故大冶如干將者磨礱不下，良工如莫邪者拂拭也未歇。它的奇特之處，恰似「珊瑚枝枝撐著月」。

天共白雲曉水和明月秋

春江潮水連海平，海上明月共潮生。
灩灩隨波千萬里，何處春江無月明。
江天一色無纖塵，皎皎空中孤月輪。
江畔何人初見月，江月何年初照人。

——張若虛・春江花夜月

天共白雲曉，水和明月秋。

——天童正覺禪師

張公乍與李公友，待罰李公一杯酒。
倒被李公罰一杯，好手手中呈好手。

宗門為教外別傳，不立文字，以心傳心，見性成佛，是以師生之間的傳承關係，遠較其他宗派密切。俗語說：「良師出高徒，有狀元學生，沒有狀元先生。」這句話，對禪家來說並不恰當。因為祇有良師，沒有高徒和其他的有利條件，如時節因緣等，便無法達成祕傳心印的目的。換句話說，有狀元先生，還要有狀元學生，二者相輔而行，如鳥有雙翼，車有二輪。當然，其他的有利條件，也是不可或缺的。宗門的師生關係又和其他宗派有所不同，尊師重道為儒、釋（教）、道三家信守奉行的箴規。但是禪家重道遠勝於尊師，假如叛師背道構成嚴重的罪行的話，禪家寧可叛師而不背道。這個道理很簡單，禪家的宇宙人生觀，是建立在一心萬法的基礎上。所謂一心，也就是本源眞性或自性。六祖慧能說：「何期自性能生萬法。」是以宇宙萬有，包括天地君親師，又何嘗在自性之外？就自性而言，衆生與佛同氣連枝，師生父子君臣亦應作如是觀。本源自性涵蓋一切，如天心明月，影現千江，「灩灩隨波千萬里，何處春江無月明」？

——佛鑑勲

禪家參修事畢，證性返眞，虛空粉碎，天地異色，會萬物爲己有，融萬古於一心，人我之分，心物之別，蕩然無存，更那裡談到君臣父子師生的倫常關係呢？簡言之，禪家的師生關係是形而上的，超出人間世的倫常之外。

禪家終日行脚，參禪訪道，依止何處，師事何人，完全取決於個人入道的時節因緣。舉例而言，五洩禪師先參馬祖，後謁石頭，最後隨侍石頭。因爲他的入道因緣在南嶽（石頭駐錫之地）。

五洩山靈默禪師，初參馬祖次謁石頭，便問：

「一言相契卽住，不契卽去。」石頭據坐，師便行，頭隨後召曰：「闍黎！」師回首，頭曰：「從生到死祇是這個，回頭轉腦作麼？」師言下大悟。

——《指月錄．卷九》

五洩捨馬祖就石頭，並非因爲後者勝於前者。石頭爲一派宗師，神目如電，一見五洩，便知爲大乘法器，因緣成熟，可以入道，至於如何接引五洩，自己胸有成竹，所以他端坐不動也不答話，等到五洩走遠，才高聲呼喚「闍黎」，五洩吃驚回頭，思路一時中斷，直起覺觀，豁然開悟。

「從生到死，祇是這個」，係指自性而言，自性遍一切處，充塞六合，貫穿古今，正如天心孤月，萬古長存，「江畔何人初見月，江月何年初照人」，是一個永遠無法解答的問題。

禪家的師生關係，介於父子兄弟和道侶之間，爲了追求眞理，彼此質疑問難，機境交呈，乘瑕蹈隙，各不相讓。

師（溈山）摘茶次，謂仰山曰：「終日摘茶，祇聞子聲，不見子形？」仰撼茶樹，師（溈山）曰：「子得其用，不得其體。」仰曰：「未審和尚如何？」師良久默不作聲，仰曰：「和尚祇得其體，不得其用。」師曰：「放子三十棒。」仰曰：「和尚棒某甲吃，某甲棒教誰吃？」師曰：「放子三十棒。」

——《指月錄‧卷十一》

溈山、仰山爲溈仰宗的開創人。溈山爲師，仰山爲徒，皆已參學事畢，大徹大悟，爲了勘驗仰山的功行見地，溈山在和仰山一同採茶的時候，提出這個問題：「我每天和你採茶，祇聽到你的聲音，看不到你的身形？」仰山默不作答，搖撼茶樹，溈山說：「你祇知道依體起用，卻不知攝用歸體。」仰山答道：「那麼和尚你呢？」溈山默不作答，表示由動入靜，攝用歸體。仰山說：「你祇知道攝用歸體，卻不知依體起用。」溈山說：「你錯了，罰你三十棒。」仰山說：「我接受你的三十罰棒，但是我的三十罰棒又叫誰吃呢？」溈山說：「再罰三十棒。」

這個公案的中心思想是「體」、「相」、「用」的連鎖作用。所謂「體」，就是本體或自性。所謂「相」，就是本體變現的現象。所謂「用」，就是體相的功能和機用。「祇聞子聲，不見子形」，這個問題的本身就有漏洞。聞聲證性也就是禪家所謂「攝用歸體」，體性空寂，應無所見，如「形」爲身形，依體顯象，應有所見，何得謂「不見子形」？除非溈山修習「眞如絕相觀」❶，即「見諸相無相，則見如來」。

❶ 眞如絕相觀，又名理法界觀。……一者常觀遍法界唯是一味清淨眞如，本無差別事相，此一能觀之智，亦是一味眞如。《華嚴經》云：「一切法無生，一切法無滅，若能如是

但是觀行之門又非禪家當行本色，故仰山說：「和尚棒某甲吃，某甲棒叫誰吃？」仰山搖撼茶樹，即依體起用，體用雙照，用在體中，體在用中，何得言「子得其用，不得其體」？「師良久默不作聲」，表示由顯入隱，攝用歸體，體用不二，性相一如，何得謂「祇得其體，不得其用」？

溈山父子在互較機鋒的時候，故意露出破綻，使彼此在疑慮中體認眞理。這種作風，禪家稱爲「陷虎之機」。一般學人信理不眞，認道不明，往往落入機鋒轉語的陷阱中而不自知。談到這裡，我們要知道禪家特別重視正知正見，因爲大法未明，知見不正，修法無益，且入歧途，故溈山說：

解，諸佛常現前。」又七祖神會禪師云：「無念念者，即念眞如。」六祖釋無念云：「無者無諸相，念者念眞如。」此乃想念諸法全是眞如，雖然想念本無想念之相。故《起信論》云：「雖念，無有能念，可念……二者若念起時，但起覺心。」故七祖云：「念起卽覺，覺之卽無。」修行妙門，唯在於此。卽此覺心便名爲觀，此亦雖起覺心，本無起覺之相，三者擬心卽差，動念便乖，但棲心無寄，理自玄會，故《華嚴經》云：「法性本空寂，無取亦無見，性空卽是佛，不可得思量。」又古德云：「實相言思斷，眞如絕見聞，此是安心處，異學徒云云。」此但任其本性自照，更不起新生慧解，故《圓覺經》云：「但諸菩薩及末世衆生居一切時，不起妄念，於諸妄心亦不息滅，住妄想境，不加了知，於無了知，不辯眞實……」

祇貴子眼正，不說子行履。

——《指月錄・卷十二》

在這個公案裡，溈山師徒，劍鋒相掛，機境互呈，各不相下，眞可以說是棋逢敵手，故佛鑑懃作頌曰：「張公乍與李公友，待罰李公一杯酒，倒被李公罰一杯，好手手中呈好手。」

溈山、仰山互較機鋒，窮理盡性的事例，當不止此。

師（溈山）問仰山：「妙淨明心，汝作麼生會（作何解釋）？」仰曰：「山河大地，日月星辰。」師曰：「汝祇得其事！」仰曰：「適來和尚問什麼？」師曰：「妙淨明心。」仰曰：「喚作事得嗎？」師曰：「如是如是。」

「妙淨明心」也就是本體自性，宇宙萬物、山河大地、日月星辰都是本體自性的表徵。禪家證性返眞，心物統一，理事圓融，卽心卽物，卽相卽性，故經云：「一葉一釋迦，一花一天國。」理因事顯，事由理成，仰山援理入事，故曰：「山河大地，日月星辰。」溈山老婆心切，反責仰山「祇得其事」，藉以探測仰山是否深明心物統一、理事圓融、性相無礙的道理。仰山反問：「喚作事得嗎？」溈山首肯，故曰：「如是如是。」

大修行家返妄證眞，心外無法，法外無心，全心卽法，全法卽心，是以理事圓融無礙，「體」「相」「用」三位一體，相融相卽，不容分割，否則法有斷滅，性相間隔，何能入道？就佛的三身而言，法身爲體，報身爲相，化身爲用，無體不能生相起用，三身卽一身，一身卽三身，何有區分？

如以明月爲喻來說明「體」「相」「用」的連鎖關係，我們不妨以明月爲「體」、月光爲「相」、月影爲「用」。滿月流輝，光影雜沓，就是依「體」生「相」起「用」，光不異月，隱則爲體，顯則爲相，影不離光，卽體卽相卽用，用在體中，體在相中。由此可知，佛家所謂「依體起用」，並非捨體就用（棄月逐影）。相對的，「攝用歸體」也不是捨用就體（剪影取月）。有月就有光，有光就有影，法爾自然，渾然一體，何容分割？爲仰師徒說：「祇得其用不得其體，祇得其體不得其用。」皆爲方便言詞，藉以窮理盡性，弘法利生。

總結這個公案，我們不妨舉引天童正覺禪師的話：

天共白雲曉，水和明月秋。

如「天」「水」爲「體」，則「雲」「月」爲「相」，「秋」「曉」爲「用」，三者交互爲用，構成一個活潑生動的生命交響曲。

劉鐵磨參潙山

劉鐵磨到潙山，山曰：「老牸牛汝來也？」磨曰：「來日台山大齋會，和尚還去嗎？」潙山放身臥，磨便出去。

——《碧巖錄．卷廿四》

雪竇重顯禪師針對這個公案作頌說：

曾騎鐵馬入重城，
勅下傳聞六國清。
猶握金鞭問歸客，
夜深誰共御街行？

劉鐵磨爲比丘尼，嗣法大溈山靈佑禪師。她和乃師溈山皆已參學事畢，同得同證，機鋒峭峻，利如磨齒，故名劉鐵磨。良師高徒，覿面呈機，互較高下，在唐宋時代已司空見慣，不足爲奇。此一公案卽爲師徒互較機鋒的事例之一。

禪家證入本體自性，會天地爲己有，融萬古於一心，猶如寰中天子，統御萬民，政令通行，烽煙不起，四海清平。故禪德說：「五湖四海皇化裡。」劉鐵磨到大溈山，如鐵騎將軍獨闖皇家的紫禁城。故雪竇重顯說：「曾騎鐵馬入重城。」皇家政令通行無阻，六國臣服，烽煙不起，河清海晏，故言「勅下傳聞六國清」。「猶握金鞭問歸客」卽指劉鐵磨問：「來日台山大齋會，和尚還去嗎？」台山卽五台山，又名清涼山，在山西太原，爲文殊菩薩的道場，離開湖南的大溈山不下數千里，但是證入本體自性的人無時空之量、人我之分，不作而成，不行而至。「溈山放身臥」表示「以用顯體」，邁然獨往，不行而至，故曰：「夜深誰共御街行？」

溈山僧劉鐵磨互較機鋒，各不相下，正如金鞭鐵馬，互相交綏，以爭長雄。

日日是好日

雨過雲凝曉便開，數峯如畫碧崔嵬。
空生不解巖中坐，惹得天花動地來。
——雪竇重顯

大智修行始是禪，禪門宜默不宜喧。
萬般巧說爭如實，輸卻雲門總不言。
——值殿使

萬象之中獨露身，惟人自肯乃方親。
昔年謬向途中覓，今日看來火裡冰。
——長慶

雲門垂語云：「十五日以前不問汝，十五日以後道將一句來。」自代云：「日日是好日。」

——《碧巖錄．卷十四》

「十五日以前」在雲門的字典裡，就是威音王那畔的絕對世界，心物統一，性相不二，無可言說，不容擬議，因為有問有答，主客對立，能所宛然，便落入相對世界，人我之見、心物之分便隨之而起，所以圜悟勤禪師在評唱中說：「十五日以前這話已坐斷千差（萬別）……十五日以後也坐斷千差。」「坐斷千差」就是「萬法歸一、一亦不立的向上一機，不通凡聖，無可言說」。禪家未悟以前，仍未脫出人生迷夢，是以談佛說覺都是夢話囈語，不著邊際。雲門初見雪峯便問：「如何是佛？」峯曰：「莫寐語（不要夢中談覺）。」雪峯一日問雲門道：「子見處如何？」門曰：「某甲見處與從上諸聖不移異一絲毫許。」（見評唱）諸聖證性返眞，無時不在覺中，眾生未出夢境，仍在迷中，是以諸聖的見處，當非眾生所能夢見。雲門為免口過，祇好鸚鵡學舌，代諸聖說話：「某甲見處與諸聖相同。」這就是說而無說，不說而說。雲門如非悟徹本源，了知人生如幻，何能有「齊於諸聖」的知見呢？談到雲門的無言之美，值殿使作頌說：

大智修行始是禪，禪門宜默不宜喧。
萬般巧說爭如實，輸卻雲門總不言。

雪竇重顯禪師引述須菩提岩中晏坐，諸天雨花的故事來闡明無言的妙諦：

雨過雲凝曉便開，數峯如畫碧崔嵬。
空生不解巖中坐，惹得天花動地來。

我們可以想像得到，雨過天晴，曉色瞑濛，峯嵐競秀，聳翠凝煙，江山如畫，天地一新。這是超凡入聖的空靈境界。「空生」是須菩提尊者的別名，在佛前的十大弟子之中，須菩提解空第一，故因此得名，在這時，須菩提在峯頂岩石上晏坐觀空，漸入佳境。突然間他聽到諸天在空中發話同聲讚嘆，滿天花雨也隨聲而下，沾衣拂面，清香四溢。尊者因問：「何人讚嘆？何來花雨？」天帝釋說：「尊者善說般若波羅密，智慧如海，功德如山，敬佩之至，故爾讚嘆，雨花致敬。」尊者答曰：「我於般若未說一字，何勞讚嘆雨花？」帝釋答曰：「尊者無說，我乃無聞，無說無聞，是眞般若。」言訖又動地雨花。

如前所述，「十五日以前」代表威音王那畔，萬法歸一，一亦不立，情識不到，凡聖不通，何有言說的餘地呀！但是「十五日以後」，雖可言說，雲門卻不按照日曆的順序，依次說十六、十七、十八等日。他自彈自唱地說：「日日是好日。」這句話代表時間的流注，通貫古今，無始無終，也叫人沒有插嘴的餘地，因爲「日日是好日」意味著無善、無惡、無美、無醜，遠離是非恩怨、顚倒妄想、凡情聖智，正如水流花謝，一片天機，平庸之至，灑落之至，解脫之至，也自在之至。無門慧開和尙描述這種平凡的偉大，作偈說：

春有百花秋有月，夏有涼風冬有雪。

若無閒事掛心頭，便是人間好時節。

一個人不思善、不思惡，無人我之見和是非之端，過著行雲流水的日子，人間永遠是好時節。

總結這個公案，雪竇重顯禪師又作頌說：

去卻一，拈得七，上下四圍無等匹，

徐行踏斷流水聲，縱觀寫出飛禽跡。

圜悟勤禪師在評唱中說：

「去卻一拈得七」切忌向言句中作活計……須是向語句未生前會取始得……你但上不見有諸佛，下不見有眾生，外不見有山河大地，內不見有見聞覺知，如大死的人卻活相似，長短好惡，打成一片，一一拈來更無異見，然後應用，不失其宜，方見他道：「去卻一拈得七，上下四維（六合）無等匹。」森羅萬象，草芥、人畜著著全彰自己家風。

「語句未生前」就是語言文字尚未萌生的先天境界，禪家稱爲威音王那畔。「去卻一拈得七」不能以數字作解，但是也不離數字，就是萬法歸一，一亦不立，一切會歸自性，是以翠竹黃花、飛禽走獸、山河大地皆爲本地風光，何嘗在心性之外。一卽七，七卽一，一本散爲萬殊，萬殊仍歸一本，放之則彌六合，大而無外，故言「上下四維無等匹」；卷之則退藏於密，萬法歸一，一亦不立，故言「去卻一」。禪家悟證本體自性，與天地同體，與大化冥合，是以水流花謝，鳶飛魚躍，不出天地造化之機，自與本源心性相應，故言「徐行踏斷流水聲，縱觀寫出飛禽跡」。

描述悟證本體、心物統一的心路歷程，長慶禪師說：

萬象之中獨露身，惟人自肯乃方親。

昔年謬向途中覓，今日看來火裡冰。

這個頌古無非說明宇宙萬象都是本體自性的光影，變動不居，虛妄不實，學人要眞參實證，透脫門頭光影，才有自見本性的分兒，否則迷眞逐妄，心外求法，如火裡取冰，徒勞無功。

撫州龍濟紹修禪師初與法眼（文益）同參地藏……師問地藏：「古人道萬象之中獨露身，意旨如何？」藏曰：「汝道古人撥萬象不撥萬象？」師曰：「不撥。」藏曰：「兩個也。」師駭然沈思，而卻問：「未審古人撥萬象不撥萬象？」藏曰：「汝喚甚麼作萬象？」師方省悟……

——《指月錄・卷廿二》

案語：

本體（自性）與萬象，如水與波，不一不異，水爲波之體，波爲水之用，用在體中，體在用中，何有分歧？撥萬象證本體，如剪波取水，何能收功？更有進焉者，「撥萬象與不撥萬象」，涉及「能撥」、「所撥」，體用分割，主客對立，如畫蛇添足，頭上安頭，何能見道？故地藏不肯說：「兩個也。」「汝喚甚麼作萬象？」

禪家悟證：本體自性並非一了百了，還要百尺竿頭再進一步，出空入有，涉世隨俗，在事境的磨鍊中清除歷劫多生的業識習性，所以雪竇重顯禪師又說：

草茸茸，煙幕幕，空生巖畔花狼藉，
彈指堪悲舜若多，莫動著，動著三十棒。

「草茸茸，煙幕幕」，描述這個花花世界，萬象森羅，風光無限，無一不是自性中物。學人如能見色明空，循相證性，自然心物無礙，逍遙自在，何處不是菩提道場？須菩提巖中晏坐，觀空證性，諸天雨花，落紅滿地，適足證明，空有無礙，性相融通，諸法自在，在空有交徹的美妙世界裡，虛空之神舜若多，何有立足之地呀！所以，雪竇重顯把他看成悲劇的角色，故曰：「彈指堪悲舜若多」。我們既然與天地同體，大化冥合，自然會接受造化的安排，隨順自然，遊戲人生，不沾不礙，每一天都是一個動人的歌曲，我們不要自作聰明，分別、揀選，製造內心外境，破壞心物的統一，否則無事生非，庸人自擾，自遺伊戚，吃棒有分，所以雪竇重顯又說：「莫動著，動著三十棒。」

附錄

雲門和尚，諱文偃，嘉興張氏子，幼依空王寺志澄出家，首參睦州，發明心要，次見雪峯，至彼出家，便問：「如何是佛？」峯云：「莫寐語。」雲門便禮拜，一住三年。雪峯一日問：「子見處如何？」門曰：「某甲見處與從上諸聖不移易一絲毫許。」

靈樹（和尚）廿年不請首座（首徒），常云：「我首座生也。」又云：「我首座牧牛也。」復云：「我首座行脚也。」忽一日，令撞鐘，三（山）門前，接首座，衆皆訝之，雲門果至，便請入首座寮（房）解包（裏）。靈樹人號知聖禪師，過去未來事皆預知。一日廣主劉王將興兵（動兵），躬入院請師決臧否（休咎），靈樹已先知，怡然坐化，廣主怒曰：「和尚何時得疾？」侍者對曰：「師不曾有疾，適封一合子（信函），令俟王來呈之。」廣主開合（函）得一帖子云：「人天眼目，堂中首座。」廣主悟旨，遂寢（罷）兵，請雲出世，住靈樹，後來方住雲門……靈樹又名知聖禪師，生生不失通（宿命通等）。雲門三生為王，所以失通。一日劉王詔師入內過夏，共數人尊宿皆受內人（府內之人）問訊說法（爲府內人等說法解答問題），唯師一人不言，亦無人親近，有一「值殿使」（王前侍者）書一偈，貼在碧玉殿上云：

大智修行始是禪，禪門宜默不宜喧。
萬般巧說爭如實，輸卻雲門總不言。

——《碧巖錄評唱・卷十三》

《指月錄・卷廿》說：雲門文偃參訪睦州，敲門三次，睦州始應門，由內發問道：「敲門者誰？」雲門答曰：「文偃。」睦州開門，尚未及半，雲門便擠入門內，睦州一把拉住他道：「道！道！（說！說！）」雲門剛要開口，卻被睦州推出門外，一腳仍在門內，尚未移步抽出，睦州急忙關門，結果撥折了雲門的腳，一陣劇痛，心膽皆裂，一時思路中斷，心態轉向，豁然開悟。

如前所述，生理的刺激，導致心態的轉變——由比量的思惟擬議，轉入現量的直覺直感——是極其自然的事，但是時下研究禪門公案的人卻隨語生解，畫蛇添足，從理路上追尋雲門開悟的心路歷程。他們說：「雲門身在門外，痛在門內，門有內外，身無內外，心亦如是，傷痛在腳，何以痛徹心肝？疑慮之下恍然徹悟人空之理。」這的確是順理成章的說法，因爲身爲四大，心爲六塵，四大無我，六塵本空，身心不有，傷痛何來呢？但是他們忘了禪宗以無念爲宗、無相爲體、無住爲本，念想相續爲業識根、生死本，離道更遠，何能開悟？故永嘉大師說：「損法財，滅功德，莫不由此心意識。」奉勸公案專家們「莫以閒學解，埋沒祖師心」。

有一天，廣主劉王下詔專請雲門及其他善知識數人到王府度夏消暑，順便爲府內人等講經說法，解答問題。其他善知識受寵若驚，爭先恐後接近劉王，並爲府內人士談禪說法，誨人不倦，但是雲門遠離劉王，獨坐一隅，一語不發，値殿使在偈頌中評論高下，故有「輸卻雲門總不言」之句。

不二法門

擬心開口隔山河，寂默無言也被呵。
舒卷無窮又無盡，卷來絕跡已成多。

——香巖智閑

不動如如萬事休，澄潭澈底未曾流，
個中正念常相續，月皎天心雲霧收。

——香巖智閑

子晉吹笙和鳳鳴，萼華雲外舞衣輕。
相將奏徧方諸曲，玉樹流光滿紫清。

——覺海湛

師（仰山）共一僧語，旁有僧曰：「語的是文殊，默的是維摩。」師曰：「不語不默的莫是汝否？」僧默然。師曰：「何不現神通？」曰：「不辭現神通，祇恐和尚收作教。」師曰：「鑒汝來處未有教外底眼。」

——《指月錄．卷十三》

案語：

仰山慧寂通智禪師嗣法溈山靈佑爲溈仰宗的開創人，他和溈山同得同證，良師高徒，相得益彰，傳爲禪林佳話。

有一天，仰山和一位和尚談話，在他身旁的另外一個和尚插嘴道：「講話的是文殊，不講話的是維摩詰。」這位和尚引述《維摩詰經．不二法門品》的故事來勘驗仰山的功行見地。

維摩詰問文殊師利菩薩：「何等是菩薩不二法門？」文殊師利言：

「如我意者，於一切法，無言，無說，無示，無識，離諸問答，是為入不二法門。」於是文殊師利問維摩詰：「我等各自說已，仁者當說，何者是菩薩入不二法門。」

時維摩詰默然無言，文殊師利嘆曰：「善哉！善哉！乃至無有文字語言，是真入不二法門。」

——《維摩詰經．不二法門品》

法離語言文字，一落言詮，便成剩法，所以維摩詰默不作答。《首楞嚴經》說：「歸元無二路，方便有多門。」返本歸元之道，除了離妄證眞以外，別無他途可循，故言「入不二法門」。用現代語言來說，「眞」代表本體，「妄」代表現象，本體爲現象的根元，現象爲本體的光影，「不二法門」就是透脫現象，溯本追源，認證本體，因爲在現象中追尋本體無異捕光捉影，徒勞無功。宇宙萬象，包括我們的身心都不出現象界，是以言、笑、寂默、動、定、行、止都是現象中的現象，和本體自性有何交涉？體會到這一點，香嚴智閑禪師作頌說：

擬心開口隔河山，寂默無言也被呵（責）。
舒卷無窮又無盡，卷來絕跡已成多。

那就是說，起心動念，言、笑、寂默，都是現象邊事，和本體自性了不相涉，所以臨濟說：「擬心便差，動念卽乖。」當然和本體自性遠隔河山。本體自性爲萬法之元，無所不在，放之則彌六合，大而無外，卷之則退藏於密，小而無內，正如白雲行空，舒卷自如，而無來去之相。如有人言「舒卷之間，無跡可尋」，已嫌著相，落入「有」「無」邊見，故香巖說：「卷來絕跡已成多。」

大慧普覺禪師說：「……此事不可以有心求，不可以無心得，不可以語言造，不可以寂默通。」（《指月錄‧卷卅一》）但是本體與現象是一個錢的兩面，不一不異，未可分割，追根究柢，宇宙萬象，包括我們的內身外境，都是本體自性的表徵，故止翁作頌說：

三月韶光沒處收，一時散在柳梢頭。

可憐不見春風面，卻看殘紅逐水流。

古語說：「春色無高下，花枝有短長。」一般人祇注意到花枝的長短，卻忽略了花枝背後的無限春光，故曰：「可憐不見春風面，卻看殘紅逐水流。」我們要知道，細草微風，朝暾夕照，嬌花綻蕊，綠柳垂絲，都足以透露春天的消息，何待水流花謝，鶯啼蝶怨才知道春已去呢？朱熹說：「等閒識得東風面，萬紫千紅總是春。」禪家見色明心，聞聲證性，何處不是菩提種子呢？

話又說回來，這個插嘴的和尚也非等閒之輩。當仰山問道：「不語不默的是不是台端你呢？」他默不作答，免犯口過，所以仰山又追問下去：「你不語不默，脫落兩邊不住中道，自然見性證道，何不回機起用，顯現神通呢？」和尚答道：「神通遊戲爲宗門的大忌，我如果這樣作，是著相示法，你會把我列入教下。」仰山說：「就你的來歷而言，你雖然超凡入聖，卻沒有教外（別傳）的道眼。」仰山爲一代宗師，勘察學人，別具隻眼，當然知道這個和尚是大有來歷的人，不過他雖預聖流，如來禪和祖師禪尚未夢見。仰山平生遇到的奇人異士當不止此。我們且看《指月錄・卷十三》的記載：

……師（仰山）坐次，見一僧從外來，便問訊了，向東邊叉手立，以目視師，師乃垂下左足，僧卻過西邊叉手立，師垂下右足，僧向中間叉手立，師收雙足。僧禮拜。師曰：「老僧自住此，未曾打著一人。」拈拄杖便打，僧便騰空而去。

有一天仰山靜坐，見一僧人前來參訪，他很有禮貌地打了一個招呼，便走向東邊，叉手站立，兩眼注視仰山，暗示禪機，仰山一望而知他的機境所在，立卽垂下左腳，表示「有」邊放下，和尚叉走向西邊，叉手站立，仰山垂下右腳表示「空」邊放下。和尚走向中間叉手站立，仰山收起雙腳表示「不住中道」。換言之，仰山脫落「空」「有」，不住「中道」，超凡越聖，無礙自在，和尚敬服禮拜。仰山說：「我在這裡居住多年，尚未杖打一人。」然後他舉起拄杖便打，和尚騰身而起，破空而去，捷如飛鳥，轉眼不見踪影。

禪家的行棒，名堂很多，最主要的是賞棒和罰棒，前者表示讚許，後者表示責罰。那麼，此時此際仰山行棒的目的何在呢？這個問題的答案當然是讚許，這個和尚也是一個大行家，他和仰山互示機境，此呼彼應，絲絲入扣，正如仙樂飄揚，鸞鳳偕鳴，一片和聲，故覺海湛針對這個公案作頌說：

子晉吹笙和鳳鳴，蕚華雲外舞衣輕。
相將奏徧方諸曲，玉樹流光滿紫清。❶

有番僧從空而至。師曰：「近離甚處？」曰：「西天。」師曰：「幾時離彼？」曰：「今早。」師曰：「何太遲生。」曰：「遊山翫水。」師曰：「神通遊戲則不無，闍黎佛法須還老僧始得。」曰：

---

❶ 子晉爲古仙人王子晉，蕚華爲蕚華樓。方諸曲爲上雲樂七曲之一，爲梁武帝所製。紫清即紫府清虛，爲神仙居住的宮殿。玉樹見〈甘泉賦〉，爲漢武帝所製，眾玉所成，用以供神，這首頌古的大意簡述如次：在神仙世界裡，古仙人王子晉在月下度曲吹笙，韻律高絕，召來彩鳳，飛鳴起舞，如知音顧曲，互相唱和。曲罷夜闌，月光如水，紫清仙館，瑤庭玉樹，瑩淨如洗。

「特來東土禮文殊，卻遇小釋迦。」遂出梵書貝葉，與師作禮，乘空而去，自此號小釋迦。

——《指月錄・卷十三》

一位番僧從天而降。仰山問道：「你來自何處？」僧曰：「西天。」仰曰：「幾時離開西天？」答曰：「今天早晨。」仰曰：「那麼你的腳程不是太慢了嗎？」答曰：「一路遊山玩水，就誤了行程。」仰曰：「神通遊戲不是太著相了嗎？你的佛法學到那裡去了，最好還給老僧吧？」答曰：「此行目的是朝拜文殊師利菩薩，誰知機緣湊巧，碰到了你這位小釋迦，總算不虛此行了。」番僧講完了話順手拿出貝葉經文數卷交給仰山，然後騰空而去。此後人們都稱仰山為小釋迦。類似的奇遇，尚有多起，恕不贅述，請參閱《指月錄・卷十三》。

師（仰山）將順寂時，在東平數僧侍立。師示偈曰：

一二二三子，平目復仰視。

兩口無一舌，此是吾宗旨。
至日午，陞座辭衆，復說偈曰：
年滿七十七，無常在今日。
日輪正當午，兩手攀屈膝。
言訖，抱膝而終。

——《指月錄‧卷十三》

仰山道妙通玄，壽限已到，早已前知。他在東平行將去世的時候，門下弟子尚有數人隨侍左右，形影不離。他在彌留的時候，仍然關心他的弟子們，乃作一示法偈說：

一二三子（你們幾位呀），平目復仰視（要知道眞如法性，不落有無，不住中道，既不可觸，亦不可背）。
兩口無一舌（不得有語，不得無語），此是吾宗旨（這就是潙仰宗立教的宗旨）。
到了日正當午，仰山上堂陞坐，向徒衆告別說：

辭）。

年滿七十七，無常在今日（年滿七十七，我的塵緣已盡，今日此時我將與世長辭）。

日輪正當午，兩手攀屈膝（日正當午，大限已到，道聲珍重，兩手抱膝而逝）。

總結這個公案，筆者引述香巖智閑的頌古以供讀者玩味：

不動如如萬事休，澄潭澈底未曾流。
個中正念常相續，月皎天心雲霧收。

這首頌古描述明心見性的過程，下手的工夫是以念止念，即念而離念，正念相續，念而無念，念極情亡，如雲開月現，影印寒潭，平明如鏡，無物不顯，無法不彰，寂中有照，照而愈寂，自見本性，如如不動，萬緣俱寂，萬法皆空。

臨濟四奪

千山鳥飛絕，萬徑人蹤滅。
孤舟蓑笠翁，獨釣寒江雪。

——柳宗元

獨憐幽草澗邊生，上有黃鸝深樹鳴。
春潮帶雨晚來急，野渡無人舟自橫。

——韋應物

多情卻似總無情，惟覺樽前笑不成。
蠟燭有心還惜別，替人垂淚到天明。

——杜 牧

閒來始覺諸緣靜，悟後方知萬物齊。
最是喚人親切處，五更夢破一聲雞。

——憨山德清

至晚小參，（臨濟義玄❶）曰：「有時奪人不奪境，有時奪境不奪人，有時人境兩俱奪，有時人境俱不奪。」克符問曰：「如何是奪人不奪境？」師曰：「煦日發生鋪地錦，嬰兒垂髮白如絲。」符曰：「如何是奪境不奪人？」師曰：「王令已行天下徧，將軍塞外絕煙塵。」符曰：「如何是人境兩俱奪？」師曰：「幷汾絕信，獨處一方。」符曰：「如何是人境俱不奪？」師曰：「王登寶殿，野老謳歌。」符於言下領旨（開悟）。

——《指月錄‧卷十四》

❶臨濟和尚，諱義玄，曹州南華邢氏子，幼負奇志，及剃落，便慕禪宗。首參黃蘗，次謁大愚，發明心要。厥後，嗣法黃蘗，開創臨濟宗，恢張玄要，建立主賓，照用同時，人境俱奪。晚得三聖，克紹其家，赫赫聲光，流徧天下，一時諸方，皆共推之爲臨濟宗。唐咸通八年四月十日示寂。

案語：

臨濟的四奪又名四料揀，即揀選材料之意。

（南院問風穴延沼）曰：「汝道四種料簡語，料簡何法？」對曰：「凡語不滯凡情，即墮聖解，學者大病，先聖哀之，為施方便，如以楔出楔。」

——《指月錄・卷廿一》

那就是說，一般人行文下語，不是執有，就是住空。執有則滯凡情，住空則墮聖解。禪家最注重機會教育，臨濟的四料簡旨在應機對境，對治學人執有住空的通病。

這裡所謂「人」，代表主體，包括本體、內心、眞空或人我之見等；所謂「境」，代表客體、外境，包括聖諦的妙有境界和俗諦的現象境界等。外境又分爲以心緣境的塵境和以心緣法的法境。

「煦日發生鋪地錦，嬰兒垂髮白如絲」，表示眞空不空，應物賦形，如旭日東昇，雲霞幻彩，大地回春，花明柳媚，無限風光，客體的「境」已經熾然出現了，但是主體的「人」卻全然落空了，因爲髮白面皺的嬰兒已經不是嬰兒了。這就是「奪人不奪境」。

「王令已行天下徧，將軍塞外絕煙塵」，代表主體的帝王君臨萬眾，王令通行，四夷臣服，烽煙不起。這是奪境不奪人。因爲客體的「境」在四海淸平、烽煙不起的狀況之下，已經不發生作用了。

「幷汾絕信，獨處一方」，代表主體的君王政令不行，幷州、汾州的地方勢力如節度使等各自爲政，主客之間，不通消息，「人」「境」雙泯。這就是人境兩俱奪。

「王登寶殿，野老謳歌」，代表主體的帝王垂拱而治，野老豐衣足食，飽享承平之樂，故爾歌功頌德。主客分立，共存共榮。這就是「人境不奪」。

臨濟四料揀的教授法，究竟以何種根器的學人爲對象？在《指月錄・卷十四》的附註裡也有交代：

師（臨濟）示眾曰：「如諸方學人來，山僧此間作三種根器斷，如中下根器來，我便奪其境而不除其法；或中上根器來，我便境法俱奪；如上上根器來，我便境法人俱奪；如有出格見解人來，山僧此間便全體作用，不歷根器。大德到這裡，學人著力處不通風，石火電光卽過了也，學人若眼定動，卽沒交涉……」

所謂「境、法、人俱奪」卽人無我、法無我、境無我。也可以說，人空、法空、空空。因爲空之一念亦爲法塵幻境，障蔽菩提，故應一掃而空。「全體作用」卽「體用合一，卽體卽用」之意。明體達用，空卽是色；以用顯體，色卽是空；空有不二，體用一如。這是威音那畔的純經驗境界，如電光石火，稍縱卽逝，除非屏絕萬緣直下薦取（單刀直入），不能收功，因爲揚眉瞬目，早已事過境遷，成爲剩法，更遑論情想擬議了，故曰：「學人若眼定動，卽沒交涉。」

《萬法歸心錄》以內心外境來解釋四料簡：

問：「如何是奪人不奪境？」答曰：「但自心空，何礙外境？下下根來，奪法不奪境。」問：「如何是奪境不奪人？」答曰：「不住外境，惟心獨照，中下根來，奪境不奪法。」問：「如何是人境兩俱奪？」答曰：「心境俱空，妄從何有？中上根來，境法人俱奪。」問：「如何是人境俱不奪？」答曰：「心自住心，境自住境，上上根來，境法俱不奪。」

就詩學而言，「奪境不奪人」就是「有我之境」，「奪人不奪境」就是「無我之境」，「人境俱不奪」就是「心境融通，情景交織」，「人境兩俱奪」就是「對境無心，忘機忘言」。

關於境界的問題，王國維在《人間詞話》裡說：

詞以境界為上，有境界自成高格，自有名句。……有「有我之境」，有「無我之境」。「淚眼問花花不語，亂紅飛過秋千去」、「可堪孤館閉春寒，杜鵑聲裡斜陽暮」——有我之境也；「採菊東籬下，悠然見南山」、「寒波澹澹起，白鳥悠悠下」——無我之境也。有我之境以我觀物，故物皆著我之色彩；無我之境以物觀物，故不知何者為我，何者為物。

就境界而言，左列詩句和臨濟的四料揀頗有近似之處：

千山鳥飛絕，萬徑人蹤滅。
孤舟蓑笠翁，獨釣寒江雪。

這首詩透露出「人存境空」的境界，因爲代表外境的千山飛鳥和萬徑人蹤都消失了，祇有代表內心的蓑笠翁佔據著這個畫面的中心，如果用臨濟四奪的尺度來衡量，當然是「奪境不奪人」了。

獨憐幽草澗邊生，上有黃鸝深樹鳴。
春潮帶雨晚來急，野渡無人舟自橫。

澗邊的幽草，深樹的黃鶯，向晚的春潮夾雜著風絲雨片，形成一幅非常美妙、和諧而生動的構圖。但是在這幅構圖裡，代表主體的人都杳無蹤影，是以這首詩的意境是人亡境存，相當於四奪中的「奪人不奪境」。

多情卻似總無情，惟覺樽前笑不成。
蠟燭有心還惜別，替人垂淚到天明。

程明道說：「心普萬物而無心，情順萬物而無情。」所謂「無心」，就是無私心；所謂「無情」就是無私情。換句話說，擺脫自我意識(Sense of Ego）的束縛。詩人的情感，如洪流決堤，奔騰澎湃，無遠弗屆，普及宇宙萬物，從而達成精神生活的天人合一。憂傷的時候，落花為他垂淚，遠山為他凝愁；快樂的時候，百鳥為他歌唱，垂楊為他鼓舞。情感生活圈子的無限擴展，使宇宙萬物都充滿了生氣和活力。中國詩學稱為「心境無二，情景交融」；在西方美學裡，定名為人格化（Personification）或移情作用（Transference）。無情的蠟燭為人垂淚，就是移情作用的一例。這種心境合一的情形，用臨濟四奪的尺度來衡量，不就是「人境俱不奪」嗎？

閒來始覺諸緣靜，悟後方知萬物齊。
最是喚人親切處，五更夢破一聲雞。

心情閒適的時候，才能靜觀人生世相，了知諸行無常，諸法如幻，宇宙萬物不出自性，與我並生，不一不異。徹悟以後，虛空粉碎，物我兩忘，如一聲雞鳴，午夜驚夢，始知人生如夢，身心如幻，夢境本空，覺亦無得。這是心物兩忘、我法兩空的境界，相當於臨濟四奪的「人境兩俱奪」。

談到這裡，我們要知道，詩的境界，至多不會超越形象的直覺（Intuitive Perception），離開禪家悟證初關的超覺和突破三關的正覺，相差何止十萬八千里？臨濟的四奪亦屬方便言詞，旨在對治學人執有住空的通病。因爲一落言詮，便失本眞，如霧裡觀花，終隔一重，不能與本體自性相應，是以紙衣和尙作頌說：

㈠奪人不奪境，緣自帶誵訛。
擬欲求玄旨，思量反責麼？
驪珠光燦爛，仙桂影婆娑。
覿面無差互，還應滯網羅。

案語：

「奪人不奪境」這句話的本身就有毛病（誵訛）。心境本空，何有奪與不奪之分哪？向上一機，離言絕相，情識不到，凡聖不通，那有思想擬議的餘地？是以「思而知、慮而解」爲禪家所訴病。呂巖說：「對境無心不問禪。」心無所住，萬法皆空，何處不得解脫？萬法卽一心，一心生萬法，驪龍頷下之珠，光華燦爛，月殿蟾宮之桂，影動婆娑，覿面顯現，皆爲本體自性之表徵，何有差誤？明眼人見物知心，循相證性，是以珠光桂影皆爲入道之機。但是未悟之人我執未破，心隨境轉，是故迷心逐物，落聲色網，滯煩惱障，永難出離。講得更淸楚一點，有燈就有光，有本體就有現象，如驪龍之珠、蟾宮之桂爲本體，則珠光桂影爲現象。禪家所謂隨緣悟道，就是由現象證悟本體。

㈡奪境不奪人，尋言何處真？

問禪禪是病，究理理非親。

日照寒光澹，山搖翠色新。

直饒玄會得，也是眼中塵。

案語：

道本無言，因言顯道，但是尋言覓句，著相求法，無異得筌忘魚，逐妄捨眞，何能入道呀！問禪，禪是名言，本無實義；究理，理非究竟，乖離自性，是以禪家擺脫名言義理，出文字障，內不住空，外不著有，屛絕萬緣，一念深入，洞徹心源，始能親自悟證本體自性。

「日照寒光澹，山搖翠色新。」旨在比類說明心物一體、性相融通的道理。那就是說，本體和現象是一個錢的兩面，此顯彼隱，此隱彼顯。「日照」即心性顯發，

「寒光澹」即物相黯然失色。「山搖」即心性起用，「翠色新」即物相煥然一新。這種性相融通、此消彼長的妙理，儘管融會貫通，如執以爲實，亦成法塵心垢，如「金屑雖貴，入眼成翳」。

㈢人境兩俱奪，從來正令行。
不論佛與祖，那說凡聖情？
擬犯吹毛劍，還如值木盲。
進前求妙會，特地斬精靈。

案語：

「人境兩俱奪」即我法不立，心境兩空。這是大乘菩薩道的當行本色，故言：「從來正令行。」《種電鈔》云：「正令乃本分之令，棒喝並行，不立一法，此謂之正令也。」《華嚴經》說：「不見一法生，不見一法滅，如能如是解，諸佛常現前。」用現代語言來說，「不見一法」就是無人、無我、無世界，更那能談到成佛作祖、凡情聖智呢？禪家以無住心行無住行，不沾不礙，見色聞聲，如盲人木偶，漠不關心；了然超越，正如吹毛寶劍，銳不可當。情纏意鎖，迎刃而斷。然後勇往直前，進入佳境，故言「進前求妙會，特地斬精靈」。精靈卽代表情纏意鎖的神識。

㈣人境俱不奪，思量意不偏。
主賓言不異，問答理俱全。
蹋破澄潭月，穿開碧落天。
不能明妙用，淪溺在無緣。

——《指月錄·卷十四·附註》

案語：
「人境俱不奪，思量意不偏。」這是理事無礙、諸法自在的解脫境界。禪家明心見性，超凡入聖，不住聖位，回機起用，和光同塵，隨緣涉世，「處凡愚而不減，居聖賢而不增。」念而無念，行而無行，不落兩邊，亦無中道，因爲一擧一動、一言一笑、思想擬議皆爲自性的自然流露，自性分別，別而無別，何有偏差？故言「思量意不偏」。《維摩詰經》說：「善能分別一切法，於第一義而不動。」亦卽指此而言。

禪家見性以後，出空入有，眞俗混一，理事無礙，自然得到心自在和法自在，也就是佛家所謂「心境一如，諸法自在」。《妙法蓮華經》說：「是法住法位，世間相長住。」佛法不壞世法，聖智不異凡情。明體達用，空卽是色；以用顯體，色卽是空。何有色空？何有凡聖？何有主賓？問在答中，答在問中。因爲言談、寂默、行、住、坐、臥，神通妙用，運水擔柴，不出自性，故言「主賓言不異，問答理俱全」。就自性而言，理因事顯，事由理成，理事無礙，融通交徹。

「澄潭月」、「碧落天」代表靈明的空境。禪家明心見性以後，必須由空境轉身而出，才能證入色空不二的妙有境界，方便隨緣，度世利生，故言「蹋破澄潭月，穿開碧落天」。否則，沈空住寂，禁錮菩提，不能明體起用，佛家稱爲焦芽敗種，了無生機，追溯原因，不外大法未明，墮入偏空，不能隨緣涉世，普度衆生，故言：「不能明妙用，淪溺在無緣。」

夢中夢

橫看成嶺側或峯，遠近高低各不同。
不識廬山真面目，祇緣身在此山中。

——蘇軾

圖形期自見，自見卻傷神，
已是夢中夢，更逢身外身。
水花凝幻質，墨彩染空塵，
堪笑予與爾，俱為未了人。

——澹然

日暮堂前花蕊嬌，爭拈小筆上床描。

繡成安向春園裡，引得黃鶯上柳條。

——胡釘鉸

陸大夫問師（南泉）道：「肇法師❶也甚奇特，解道：天地與我同根，萬物與我一體。」師指庭前牡丹花曰：「時人見此一株花如夢相似。」陸罔測（茫然不知所故）。

——《指月錄・卷八》

案語：

眾生與佛不出自性，同一本源，但是一在迷中，一在覺中，覺爲佛陀，迷爲眾

❶肇法師，僧肇法師，見《梁高僧傳・卷六》，僧肇爲三藏大師鳩摩羅什門下四哲之一。著有《肇論》，全部四論：物不遷論、不眞空論、般若無知論、涅槃無名論。肇公年幼好讀莊老，後因寫《古維摩詰經》有悟處，方知莊老猶未盡善，故綜諸經乃造四論謂：「天地大而無外，我形亦爾，同生於虛無之中……夫至人空洞無象，而萬物無非我造，會萬物爲己者其唯聖人手，雖有神有人，有賢有聖各別，而皆同一性一體，古人道：『盡乾坤大地祇是一個自己。』」

生。由迷入覺如夢初醒，始知夢中所歷諸境虛妄不實，世界如煙，人生如寄，生死如晨昏，哀樂如夢影。莊子說：「方其夢也不知其夢也，夢之中又占夢焉（夢中夢），覺而後知其夢也，且有大覺而後知其大夢也。」（〈齊物論〉）從禪家的觀點來說，眾生未悟，如在夢中，不知醒覺爲何物，是以夢中談空說覺亦屬「夢中占夢」，由幻入幻，迷失更深。肇公悟後始知「天地與我同根，萬物與我一體」。這是禪家證入初關的切身經驗，那就是說，禪家參修得力，靜極生明，心死神活❷，性光顯發，通天徹地，宇宙萬物化爲無上知覺（超覺），見山不是山，見水不是水，返觀人生世相，如夢影空花，了不可得。陸亙大夫參學功淺，尚未破參，當然談不到心物統一的初閱境界，所以他道：「肇法師也甚奇特。」

南泉是過來人，當然知道陸大夫❸徘徊在似悟未悟的十字路口，禪家最重機會教育。他藉用夢影似的牡丹花來喚醒陸大夫的直覺直感，突破人生的夢境，直下見道。談到這裡，我們要知道，住在一樓的人永遠也不知道二樓的室內裝潢是啥景象，除非

---

❷ 心死神活，即識心死靈神活，亦即禪家所說大死一番，死後復甦之意。

❸ 陸大夫即陸亙大夫，久參南泉爲入室弟子之一。

他更上層樓，以觀究竟。

換句話說，未悟言悟，說食不飽，正如身在夢中，妄談夢鄉以外的世界，當然如盲人摸象，不著邊際。

蘇東坡說：「橫看成嶺側成峯，遠近高低各不同。不識廬山眞面目，祇緣身在此山中。」即指身在夢中，而不知其爲夢，迷心逐物，以假作眞，長夜漫漫，何有了期，描述由迷入覺、證入初關的心路歷程，《首楞嚴經》說：

淨極光通達，寂照含虛空。
卻來觀世間，猶如夢中事。

澹然禪師看了自畫像也有「夢中夢，身外身」之嘆：

圖形期自見，自見卻傷神。
已是夢中夢，更逢身外身。

道殿大師說：

常觀一切染淨諸法，全體不實，皆如夢幻，此能觀智，亦如夢幻。《華嚴經》云：「譬如夢中見，種種諸異相，世間亦如是，與夢無差別。」

——《顯密圓通成佛心要．卷上》

眾生迷眞逐妄，便入夢境，夢中占夢，幻中起幻，重重無盡，陷溺更深，永難出離，故胡釘鉸作頌說：

日暮堂前花蕊嬌，爭拈小筆上床描（幻中生幻）。
繡成安向春園裡，引得黃鶯上柳條（迷眞逐妄）。

禪家了知人生如夢，夢境本空，是以見色聞聲，不沾不礙，了然超越，日久功純，明心見性，始知宇宙萬象，不出色心（心物）二法，色有地、水、火、風，心有受、想、行、識。色心二法相融相即，交互為用，世相乃成，但是諸法緣生，緣生無性，當體卽空，禪家空觀有成，證入超覺，乃知心生萬法，「天地與我同根，萬物與我一體」。這就是萬法歸一、心物無二的初關境界。

但是萬法歸一，一歸何處呢？為了解答這個問題，雪竇重顯禪師作頌說：

聞見覺知非一一，山河不在鏡中觀。
霜天月落夜將半，誰共澄潭照影寒？

《首楞嚴經》說：「六根亦如是，元依一精明，分成六和合。」所謂六根卽指見、聞、覺、知、嗅、嚐六種心理活動的主體係由一精明，又名識精元明或阿賴耶識分化而來。阿賴耶識又名妄心，與代表本體自性的眞心對稱，以物為例，如眞心為明月，則妄心為月影；以人為例，如眞心為醒時的明覺意識，則妄心為夢中的潛意識，眞不異妄，妄不異眞，同一本原，不一不異。

《華嚴經》說：「一切從此法界流，一切還歸此法界。」用宋儒的話來說就是：「一本散爲萬殊，萬殊仍歸一本」。「聞見覺知非一一」卽指心生萬法，一本散爲萬殊，因爲聞、見、覺、知皆爲大法界心的分光流影，一不礙多，多不礙一，一多相卽，「是法住法位，世間相常住」（《妙法蓮華經》）。

莊子說：「聖人之持心如鏡，不迎不將，應而不藏，故能勝物而不傷。」那就是說心如明鏡，纖塵不染，靈明鑑照，無物不顯，無理不彰。這是心自在的境界，以心對境，不迎不拒，天光雲影，任爾去來，不留影像，無礙本明，古德云：「心本無心因境有。」以心對境，難入眞空，因爲能觀之心，與所觀之境，宛然俱在，心物分歧，何能入道，故言「山河不在鏡中觀」。「霜天月落夜將半」卽指心境雙泯，能所不立，旣無心物統一，亦無心物對立，萬法歸一，一亦不立，山是山，水是水，青是青，黃是黃，諸法如如，自在無礙，心物之分，自他之別，蕩然無存，故曰：「誰共澄潭照影寒？」這是由心自在進入法自在的大解脫境界。

明月堂前枯木華

返本還源事亦差，本來無住不名家。
萬年松徑雪深覆，一帶峯巒雲更遮。
賓主默時純是妄，君臣道合更中邪。
還鄉曲調如何唱？明月堂前枯木華。

——同安常察

三玄三要事難分，得意忘言道易親。
一句明明該萬象，重陽九日菊花新。

——汾陽善昭

僧問：「如何是真佛、真法、真道？乞師開示。」師（臨濟義玄）曰：「佛者心清淨是，法者心光明是，道者處處無礙淨光是，三即一，皆是空名，而無實有，山僧今日見處與佛祖不別，若第一句中薦得，堪與佛祖為師，若第二句中薦得，堪與人天為師，若第三句薦得自救不了。」

——《指月錄‧卷十四》

案語：

佛者心之體，法者心之相，道者心之用。體、相、用三位一體，未可劃分。妄念不起，心體清淨，如明鏡當前，自見其形，頓悟形影無二，自他無礙，覺與佛齊，故言「佛者心清淨是」。禪家悟後起修，證性返眞，心光顯發，通天徹地，萬法歸源，心物無礙，會天地爲己有，融萬古於一心，故言「法者心光明是」。禪家明心見性，如雲開月現，影印千江，重重無盡，隨波蕩漾，不沾不礙，正如道之爲用，隨方就圓，不拘方所，「無所不在，所在皆無。」（郭向語），故曰：「道者處處無礙淨光是。」

臨濟義玄爲一代宗師，早已悟徹本源，明心見性，與諸佛無異，故言：「山僧見處與諸佛不別」。蓋因本體自性爲諸佛之體、萬法之源，是以見性之人，一舉一動、一言一行都與自性相應，故能明體起用，以用顯體，空有無礙，性相融通，而得心自在及法自在，與佛無異。

第一句中薦得係指禪家第一機，卽以言遣言，見相離相，遣無所遣，離無所離，心行雙泯，能所不立，自然見道。得意忘言，猶落第二機，因爲有言可忘，有意可得，猶有心緣相和境界相，旣未離妄，何能證眞？

《大乘起信論》說：「一切諸法唯依妄心而有差別，若離心念，則無一切境界之相，是故一切諸法從本以來，離言說相，離名字相，離心緣相。」

換句話說，有念可離，有境可忘，能所宛然，未證眞實，何能入道呀！性空妙普禪師說：「心法雙忘猶隔妄，色空不二尙餘塵。百鳥不來春又過，不知誰是住庵人❶。」同安常察禪師引申此義作偈頌說：

❶ 牛頭法融禪師通經史，後閱大般若經，通曉眞空之理，乃嘆曰：「儒學世典，非究竟法，般若眞觀，出世舟航。」乃援儒入佛，棲隱茅山，投師落髮，後入牛頭山，閉戶潛

返本還源事亦差，本來無住不名家。
萬年松徑雪深覆，一帶峯巒雲更遮。
賓主默時全是妄，君臣道合更中邪。❷
還鄉曲調如何唱，明月堂前枯木華。

有本可返，有源可還，我法未空，仍落有爲何能見道，正如性空妙普禪師所說：「心法雙忘，色空不二。」仍然脫不出情想意識的心緣相和境界相。本體自性，如如不動，無所從來，無所從去，本來無住，何用「家」爲？故言：「返本還源事亦差，

修，得證人空，高居聖境，百鳥銜花朝拜，虎狼住山呵護，山頭紫氣昇騰如蓋。禪宗四祖，遙望氣象，知此山中必有異人，乃登山參訪，一見之下，知爲大乘法器，乃指示法要，法融言下頓悟人空法空之理，乃出空入有，和光同塵，空有不住，凡聖不居，隨緣涉世，接物利生，不沾不礙，如飛鳥過空，無跡可尋。此後山中已無靈蹟祥瑞，百鳥不知何人住庵，不再銜花朝聖，虎狼退散，不見蹤影。（《指月錄‧卷十六》節錄改寫）

❷ 洞山五位君臣，臨濟四賓主，後文另有交代恕不贅述。

本來無住不名家。」

本體自性，無動無靜，不增不減，非色非空，不落中道，如羚羊掛角，無跡可尋。以物爲喻正如萬年松徑深埋於冰雪之下，一帶峯嵐潛藏於雲霧之中，禪家說「一片白雲不露醜」，卽指此而言，但是禪家證道以後，心物統一，見色明心，循聲證性，何有心物之分、自他之別，是以臨濟的默觀賓主，曹洞的五位君臣，都是方便言說，了無實義，故言：「賓主默時全是妄，君臣道合更中邪。」那麼返本還源之道又當如何呢？這個問題的答案是：「明月堂前枯木華」，「枯木生華」就是死後復甦，道家稱爲心死神活，禪家稱作大死一番，那就是說禪家明心見性，如雲開月現，淸光四溢，照徹身心世界，始知人生如夢，萬法皆空，身心非有，覺後追憶夢中世界，芸芸衆生，與己同體，仍在迷中，生此死彼，輪轉六道，永無止期，乃起大悲、立大願，以淨覺心，隨緣涉世，重入夢境，接物利生，見色不迷，聞聲不惑，旣不厭凡，亦不希聖，空有無礙，澹然自在，才能發大機、起大用。這就是出空入有，死後復甦，回機起用，故言：「還鄉曲調如何唱？明月堂前枯木華。」

僧問曹山曰：「朗月當頭時如何（明心見性時如何）？」山曰：「仍是階下客（尚未證入空有不二、眞俗混一的妙有境界）。」僧曰：「請師接上階？」山曰：「月落時相見。」

——《心燈錄・卷上》

「月落時」就是不居聖境，出空入有，涉世隨俗，眞俗混一，空有無礙的妙有境界。

所謂第二句中薦得就是禪家第二機，學禪的人根器明利，博學多聞，深入經藏，但是理悟有餘，事修不足，未脫知見，難證菩提，縱然講經說法，如雲如雨，也祇能爲人天師表，離道尙遠，故范仲淹說：「縱饒講得千經論，也落禪家第二機。」

所謂第三句中薦得，係指學佛的人大法未明，見理不眞，依文解義，泥言執相，陷於知見坑、文字障而不能自拔。《首楞嚴經》說：「知見立知爲無明本。」自未解脫，何能度人？這正是「泥菩薩過江自身不保」的實例。

僧便問：「如何是第一句？」師（臨濟）曰：「三要印開朱點窄，未容擬議主賓分。」曰：「如何是第二句？」師曰：「妙解豈容無著問，漚和爭負截流機。」曰：「如何是第三句？」師曰：「但看棚頭弄傀儡，抽牽全藉裡頭人。」乃曰：「大凡演唱宗乘，一句中須具三玄門，一玄門須具三要，有權有實，有照有用，汝等諸人作麼生會？」

——《指月錄・卷十四》

案語：

問：「如何是第一句中薦得，堪與佛祖為師？」答曰：「一念不生，萬緣空寂。」問：「如何是第二句中薦得，堪與人天為師？」答曰：「一念緣起，不續二念。」問：「如何是第三句中薦得，自救不了？」答曰：「分別才生，圓明自昧。」

——《萬法歸心錄》

講得更清楚一點，「一念不生，萬緣空寂」是威音那畔的先天境界，言思路斷，情識雙泯，六識七識不起現行，分別妄想一掃而空，覺性圓明，與佛無異，禪家稱爲踏破毘盧頂上行。就精神昇華的階梯而言，這是由離念而明心，由明心而見性的正覺境界。

「一念緣起，不續二念」，卽指念來卽覺，覺之卽無，前念不滅，後念不生，禪家「一條白鍊去」卽指此而言。這是超覺的境界，六識七識伏而未斷，覺性未圓，難入眞空。

「分別才生，圓明自昧」，卽一念不覺，自昧本眞，分別妄想，隨之而起，因惑造業，因業受報，流浪生死，永無止期，自救不了，何能利他?

句者言句之意，世尊說法四十九年，以言立教，禪宗雖有不立文字，見性成佛之說，但是歷代禪門尊宿皆由聞、思、修而入道，《首楞嚴經》說：「此方眞教體，清淨在音聞，欲取三摩提（三摩地卽禪定三昧），實以聞中入。」是以念佛聞法，心領神會，脫落文字，體取言外之意、弦外之音，循序漸進，自有入道之機，故汾陽善昭說：「得意忘言道易親。」臨濟義玄說：「一句中具三玄，一玄中俱三要。」無非描述由聞、思、修走向解脫大道的心路歷程，所謂「玄」即指不容言說無法擬議的精神昇華及解脫，所謂「要」即指由聞、思、修走向大解脫的緊要關頭，是以三玄三要，名異體同，不出一心，故汾陽善昭說：

三玄三要事難分，得意忘言道易親。
一句明明該萬象，重陽九日菊花新。

講得更清楚一點，學生被老師一句話點醒，大開圓解，明心見性，由句中玄，證到意中玄，又由意中玄證入體中玄，歷經九個重要的梯階，終於達到無爲渾化的大解脫境界，心物一體，性相融通，與天地同體與大化冥和，故宇宙萬象，如水流花謝、鳶飛魚躍、風起雲行都是本地風光不出自性，重陽佳節、滿地黃花、流金泛綠、秀色可餐，何嘗不是本體自性的自然流露呢？

如上所述，三玄三要是禪家參修悟證的過程（心路歷程），參修的下手工夫是以言遣言，以念止念，言亡慮絕，意念不起，心地清淨，如雲去月來，光明寂照，通徹天地，貫穿古今，宇宙萬象，無出其外者，故汾陽善昭說：「一句(言)明明該（包）萬象，重陽九日（九月九日）菊花新。」

那麼三玄三要是否爲禪定解脫的必經之路呢？這個問題的答案當然是否定的，禪家無一法示人，修而無修，證而無證，「悟時同未悟」，「無智亦無得」，故同安常察說：「撒手到家人不識，更無一物獻尊堂。」禪家開悟的情形，因人而異，千奇百怪，亦無定法可循，有的見色明心，聞聲證性，如靈雲見桃花而入道，張九成聞蛙聲而開悟，有的得善知識一轉語，打破疑團自見本性，如百丈下一轉語解脫野狐身，有的一言契機，豁然開悟，禪家所謂言下頓悟，卽其一例。《首楞嚴經》說：「歸元無二路，方便有多門。」準此而言，臨濟的三玄三要不過是方便法門之一而已，我們且看三玄三要和明心見性的因果關係。

一、三要印開朱點窄，未容擬議主賓分

所謂「印」就是官印，禪家心地法門是以心傳心，以心印心，朱點就是赤心一點，因爲學禪修道首重正心誠意，信念堅定，是以學人以赤子之心率性而行，易於入道，故《維摩詰經》說：「直心是道場。」一般人心地偏窄，脫不出我法二執的煩惱

障與所知障。惟有三玄三要才能印開心地，使其無限地擴展，橫絕六合，通貫古今，量等虛空，包容世界，心物之別，人我之分，凡聖之念，蕩然無存，禪家悟後起修，出空入有，隨緣涉世，在塵出塵，不沾不礙，這是眞俗混一、空有無礙的妙有境界，《圓覺經》稱爲平等本際，不是心，不是物，不是空，不是色，凡情不異聖智，佛法不壞世法，故法住法位，心佛無二，性相一如，是以權實賓主，內心外境，何必擬議，歷歷分明，無爲卽是有爲，有爲卽是無爲，所謂「神通與妙用，運水與擔柴」，亦卽指此而言。這就是「體中玄」三要的微妙之處。

二、妙解豈容無著問，漚和爭負截流機

等而下之是「意中玄」三要，「體中玄」離言絕相，脫落情識，無法把捉，不可思議，不可謂不玄。「意中玄」也是微妙難思，語言文字亦無用武之地，高明之家如善發問的無著菩薩亦不能措一詞，更遑論下焉者也。「意中玄」雖有妙解也祇能心領神會，豈容形諸筆墨，有問有答？

漚和乃水上浮漚，此生彼滅，瞬息萬變，如兩人對話，此呼彼應，如環無端，禪家未悟以前，情識紛擾，念念遷流，故世尊說：「陀那微細識，習氣成瀑流，眞非眞

恐迷，吾常不開演。」禪家明心見性，情識兩空，心行處滅，言語道斷，無問無答，一切放下，當下截斷群流妄想，而證無爲，高居聖境，這是超凡入聖的超覺境界，離開「體中玄」的妙有境界，亦卽正覺境界，尚有相當的距離，禪家稱爲百丈竿頭不動人。招賢禪師作頌說：「百丈竿頭不動人，雖然得法未爲眞，百尺竿頭須進步，十方世界是全身。」（《指月錄·卷十一》）所謂百尺竿頭再進一步就是出空入有，和光同塵，會天地爲己有，融萬古於一心，所以十方世界又何嘗在心性之外呢？

三、但看棚頭弄傀儡，抽牽全藉裡頭人

學人得遇明師一語點破我相的背後就是眞我，故得理悟，似可入道，眞我離言絕相，不可以智知，不可以識識，不可謂不玄，故曰：「句中玄」。學人旣知假我虛妄不實無非眞我之光影，自當遠離保任眞我。但是眞假之間，有所抉擇，能所對立，難入眞空，不得解脫，自救不了，何能度人？蓋因眞我影像不能忘懷，心有所住，著相求法，徒勞無功。正如棚頭木偶登場作戲，當知幕後有人牽線，幻不離眞，眞不異幻，執眞卽妄，離幻卽眞，不容揀選，故張拙說：「斷除煩惱重增病，執著眞如亦是邪。」學人如能迴光返照，透脫門頭光影，當能遠離諸幻，自見本性。《圓覺經》

說：「知幻卽離……離幻卽覺。」離無所離，覺無所覺，不假修證，眞性現前，而無現前之量，準此而言，權實照用，三玄三要，皆成戲論，了無實義。

華亭垂釣

白雲檻外思悠哉！密密金刀剪不開。
幽洞不拘關鎖意，縱橫無繫去還來。

——丹霞子淳

千尺絲綸直下垂，一波纔動萬波隨。
夜靜水寒魚不食，滿船空載月明歸。
三十年來海上遊，水清魚現不吞鈎。
釣竿斫盡重栽竹，不計功程得便休。

——華亭船子德誠

秀州華亭船子德誠禪師，節操高邈，度量不群，自印心於藥山，與道吾、雲巖為同道交。洎離藥山，乃謂二同志曰：「公等應各據一方，建立藥山宗旨，予率性疏野，惟好山水，樂情自遣，無所能也。他日知我所止之處，若遇靈利座主，指一人來，或堪雕琢，將授生平所得，以報先師之恩。」遂分攜至秀州華亭，泛一小舟，隨緣度日，以接四方來往之衆，時人莫知其高蹈，因號船子和尚。

……

道吾後到京口，遇夾山上堂。僧問：「如何是法身？」山曰：「法身無相。」曰：「如何是法眼？」山曰：「法眼無瑕。」道吾不覺失笑。山便下座，請問道吾：「某甲適來，祇對這僧話，必有不是，致令上座失笑，望上座不吝慈悲。」吾曰：「和尚一等是出世，未有師在！」山曰：「某甲甚處不是？望為說破！」吾曰：「某甲終不說，請和尚卻往華亭船子處去。」山曰：「此人如何？」吾曰：「此人上無片瓦，下無卓錐。」……

過慣了水上生活，從不著陸，上無片瓦遮頭，下無寸土立足。但是就他的精神境界而言，船子和尚禪功深厚，已經透脫三關（初關、重關、牢關），那就是說，情識兩空，空亦不立。這種三空境界也可以「上無片瓦，下無卓錐」爲喩。夾山說：「法身無相，法眼無暇。」就佛理而言，也是講得通的。法身爲本體自性的別名，離言絕相，無跡可尋。佛菩薩證性返眞，垢盡明存，始有法眼，云何有暇？但是夾山在未悟以前，情識未空，性相間隔，妄談法身法眼，皆爲識心計度，比量而知，正如盲人摸象不知所云，故道吾不肯。夾山開悟以後，我法不立，性相融通，法身法眼已自證得，何待言說？頌古注說：「山旣得法於船子歸，道吾復遣僧往問：『如何是法身？』山仍曰：『法身無相。』問：『如何是法眼？』亦仍曰：『法眼無暇。』僧歸擧吾，吾曰：『這漢此時方徹（悟）。』」夾山說「寺卽不住，住卽不似」亦爲一語雙關，《金剛經》說：「應無所住而生其心。」心體無住，覺性圓明，否則住空則著空，住有則著有，違中道義，乖離自性。船子追問道：「不似，似個甚麼？」夾山答道：「不是目前法。」卽指自性本空，透脫現象界的聲色之外，非耳目所能企及。夾山精研性相各宗，雖未事證，已有理悟，故能擧一反三，對答如流。語云：「從門入者，不是家珍。」夾山泥經執典，依他作解，如霧裡觀花，終隔一重，所以船子說：「一句合頭話，萬年繫驢橛。」一語道破夾山意解情識的文字葛藤。石頭希遷說：「執事元是迷，契理亦非悟。」所謂契理，就是理悟，涉及名言思辯的比量心態。走慣了理悟的輕車熟路，積重難返，無法單刀直入以現量心態體認大道。船子和尚循循善誘，使夾山由比量心態轉入現量心態，直取菩提，所以他說：「垂絲千尺，意在深潭；離鉤三寸，子何不道？」深潭係指自性妙體，人人本俱，個個圓成，直下無心，當體卽是，不假外求。夾山初由理入，繼以事修，妄緣漸息，情想將空，如能百尺竿頭再進一步，則心空性現，直取菩提，此正欲悟未悟、將證未證之時，正如水上垂釣，風息波平，深潭空明，金鱗已現，離鉤三寸，似得未得。船子和尚獨具慧眼，深知底蘊，一旦夾山開口道出，便爲意解情識，由近似現量心態轉爲比量心態，頓失本眞，乖離自性。禪家所謂：「一落言詮，便成剩法。」亦卽此意。船子和尚愛才心切，未容夾山開口，便一再揮橈將他打落水中，使夾山不暇擬議，直下無心，豁然開悟，乃點頭三下，取代言說，因爲開口卽錯，動念卽乖。投子丹霞作頌說：

泛船駕險三十春，繫處竿頭活死人。
夾嶺桂分千古韻，朗江山翠萬重新。❶

——《空谷集・卷上》

夾山開悟以後，船子又敦囑他善自保任悟境，以免退失。他說：「竿頭絲線從君弄，不犯清波意自殊。」竿頭絲線係指意念的浮動，清波係指靈明的心體。念為心之用，心為念之體，念來即覺，覺之即無，當體即空。這就是念不住境，用不礙體，不犯清波，任運自在。這是心境不二、體用合一的妙有境界。《圓覺經》說：「居一切時不起妄念，於諸妄念亦不息滅。住妄想境不加了知，於無了知不辨眞實。」……最

❶ 活死人即死後復甦，禪家悟證人空稱為大死一番。夾嶺即指夾山而言，夾山得法船子，住山宣化，流風餘韻如丹桂飄香遍及十方。茲將頌詞簡譯如左：
卅年來，船子和尚泛舟華亭，隨流涉世，接引有緣，歷經風波險難。最後機緣成熟得遇夾山，一言相契，祕傳心印，深慶得人，正如深潭垂釣，舉竿得魚，金鱗騰躍，喜不自勝。夾山言下開悟，如死後復甦，我法雙亡，根塵不偶，別有一番景象，正如禪家所說：「撒手懸崖上，分身萬象中。」一性圓明，諸法自在，心物統一，會天地為己有，融萬古於一心。夾山得法船子，住山弘法，暢演藥山宗旨，禪風妙諦流傳十方百代，如丹桂飄香中人欲醉，何止華亭水碧，朗江山青，煙籠翠色，千重萬重而已。

後船子咐囑說：「汝向去直須藏身處沒蹤跡，沒蹤跡處莫藏身。」自性本空，離言絕相，是以悟證自性無異藏身空境，無跡可尋，故曰：「藏身處沒蹤跡。」

但是明心見性以後，仍須住空，保任悟境，然後出空入有，隨緣涉世，接物利生。這就是證空而不住空，沒蹤跡處莫藏身。馬祖道一說：「未有常行而不住，未有常住而不行，欲益無所益，欲爲無所爲。」所謂「行」就是有爲，所謂「住」就是無爲。無爲是有爲之體，空中有色，有爲是無爲之用，色不異空。大乘菩薩道是「不盡有爲，不住無爲」（馬祖語）。以空爲體，以色爲用，體用一如，空卽是色，用不離體，色卽是空。描述這種色空交徹、眞俗混融的妙有境界，丹霞子淳作頌說：

白雲檻外思悠哉！密密金刀剪不開。
幽洞不拘關鎖意，縱橫無繫去還來。❷

——《虛堂集·卷上》

❷修道人證性返眞，心體靈明，不沾不滯，如白雲出岫，舒卷自如，翺翔於空界（欄外）之外，而不隨聲逐色，任運自在。

禪的境界就是妙有境界，以空爲體，以色爲用，不住二邊，遠離中道，蓋因眞空不空，船子和尚得法藥山，急於傳法授徒，發揚藥山宗旨，續佛慧命，以報佛恩。三十年來，他浪跡江湖，隨流涉世，物色良材美質，以便祕傳心印，繼承藥山法統。煙波江上，飽經風波，一再受挫，此志不移。他的苦心孤詣、鍥而不捨的精神，已見於左列的頌古中：

三十年來坐釣臺，鉤頭往往得黃能[3]。
金鱗不遇空勞力，收取絲綸歸去來。

空中有色，色不自色，當體卽空，空爲色之體，色爲空之用。體用不二，色空交徹，性相融通，是以這邊（現象界）那畔（本體界）打成一片，密不透風，雖有金刀利剪亦難分割。《金剛經》說：「應無所住而生其心。」大修行家證空而不住空，始能回機起用，顯發覺性，圓滿菩提，是以見色明心，證入空境，並非沉空住寂，禁閉涅槃，故言：「幽洞（空境）不拘關鎖意。」妙有境界，非心非物，亦不離心物，非色非空，亦不異色空，卽體卽用，卽相卽性，出色入空，出空入色，來去無礙，吞吐自如，縱橫入妙，故言：「縱橫無繫去還來。」

[3] 黃能卽黃熊，爲鯀所化之妖魚。《國語》載昔者夏禹之父鯀，治水不利，違天帝命，殛之於羽山，死後化爲妖魚，名爲黃能。

千尺絲綸直下垂，一波纔動萬波隨。
夜靜水寒魚不食，滿船空載月明歸。
三十年來海上遊，水清魚現不吞鉤。
釣竿斫盡重栽竹，不計功程得便休。

勝默祖常訓學徒曰：「傳法當如船子，求法當如二祖❹。今之師資，苟或不爾，焉能以荷如來大法者歟？若然，則何慮祖道而不興邪？」

——《空谷集・卷二》

❹二祖即慧可大師，爲初祖菩提達摩的入室弟子。他立雪少室，斷臂求法，傳爲禪林佳話。

聲前無句

空劫前時曠路開，聲前無句信人難。
欲窮滄浪白雲曲，且看石人露半顏。

——投子丹霞禪師

著意求真真轉遠，擬心斷妄妄猶多。
道人一種平懷處，月在清天影在波。

——石屋清珙禪師

猿抱子歸青嶂裡，鳥啼花落碧巖前。

——夾山善會禪師

舉僧問黃連和尚：「如何是聲前一句？」連曰：「聲前無句，聲後問將來！」

——《空谷集・卷下》

老子說：「大音希聲，大象無形。」自性妙體，離言絕相，不可於聲色中求，不可於語言中得，故黃連和尙說：「聲前無句。」何有言說？在《維摩詰經・不二法門》中，有文殊問道、維摩忘言的故事：

如是諸菩薩……問文殊師利：「何等是菩薩入不二法門？」文殊師利言：「如我意者，於一切法，無言無說，無示無識，離諸問答，是為入不二法門。」

於是，文殊師利問維摩詰：「我等各自說己，仁者當說何等是菩薩入不二法門？」時，維摩詰默然無言，文殊師利嘆曰：「善哉！善哉！乃至無有語言文字是真入不二法門！」

不二法門代表無爲法的最高境界，又名第一義諦。用現代語言來說，就是形而上的本體境界，孤立絕緣，脫落時空，無心緣相，無文字相（《大乘起信論》語），一落言詮，便成剩法，所以世尊說：「無法可說，是爲說法。」老子說：「道可道非常道，名可名非常名。」形而上的本體或常道，超名相，絕對待，沒有言說思擬的餘地，否則落入形而下的相對世界，因爲主客相對，始有言說，能言所言，賓主歷然，能所對立，當然與言亡慮絕、物我統一的絕對本體毫無交涉。

僧問趙州：「孤峯獨宿時如何？」州云：「不答話。」僧問：「爲什麼不答話？」州曰：「恐落在平地上！」

「孤峯獨宿」係指禪家破參以後，證入絕對的眞空境界，無人無我無世界，不容言說，無可擬議，孤立絕緣，否則落入平地的相對世界，在那裡，物我相對，分賓分主，有問有答，能所對立，所以禪家說：「向上一機，千聖不傳，開口卽錯，動念卽乖。」范仲淹說：「縱然講得千經論，也落禪家第二機。」石屋清珙禪師說：

著意求真真轉遠，擬心斷妄妄猶多。
道人一種平懷處，月在清天影在波。

大慧普覺禪師說：「此事不可以有心求（有心求則著有），不可以無心得（無心得則住空）。」「求眞斷妄」」，以有爲心，求無爲法，無有是處。修道人，隨緣任運，質直無僞，以平常心，修無上道，「在聖不增，在凡不減」，正如天心明月，影散千江，一多無礙，上下通明，卽空卽有，世出世間，融溶一體，故《妙法蓮華經》說：「是法住法位，世間相常住。」慧能大師說：「佛法在世間，不離世間覺。離世覓菩提，恰如求兔角。」

談到「聲前無句」的問題，林泉老人說：「……欲發明第一義諦，須大開不二法門……若非摩詰忘言，爭顯曼殊本意……但有言說，俱無實義，故於第二門頭（第二機），許汝東語西話，頌曰：『空劫前時曠路開，聲前無句信人難。欲窮滄浪白雲曲，且看石人露半顏。』」

空劫卽威音王那畔的先天境界，無人無我無世界，空曠寂寥，無人履踐。聲前一句，本無聲響，言思路斷，令人無法置信。這是離言絕相的眞空境界，如滄浪之深、白雲之遠，高不可攀，深不可測，曲調高絕，罕遇知音。但是，眞空不空，空卽是色，宇宙萬相，不出一心，學人如能對境無心，見色明空，循相證性，則宇宙萬有，塵塵剎剎皆爲入道之機，正如《金剛經》所說：「離一切相卽爲諸佛。」《圓覺經》說：「知幻卽離，離幻卽覺。」是故水流花謝，鶯飛草長，雲飛霞走，月落烏啼，都會透露出禪機妙諦。同理，石人木馬，幻有實無，又何嘗不是本體自性的表徵呢？古語云：「一花一天國，一葉一釋迦。」石人木馬祇露半顏（面），亦足以揭示宇宙永恆的奧祕。

所謂一心就是本體，所謂萬法就是現象，見色明空，循相證性，就是由現象印證本體，禪家稱爲「從緣悟入，永不退失」（潙山語）。

現象與本體是一個錢的兩面，不一不異，互爲表裡，此顯彼隱，此隱彼顯，如本體爲水，則現象爲波，波顯則水隱，水顯則波泯，波爲水之用，水爲波之體，明眼人見波知水，循相證性，一葉落而知秋來，一花飛而知春去。香巖聞裂竹而入道，靈雲見桃花而明心，是以見色聞聲，迴光返照，皆可就路還家，證性返眞。朱熹說：「等閒識得東風面，萬紫千紅總是春。」

一切現成，不假外求，何處不是道場？何物不是菩提？宇宙萬相滙歸自性，如波合水，了不可得，何有性相之分、心物之別？《心經》說：「色卽是空，空卽是色。……是諸法空相……」本體與現象亦應作如是觀。

江南國主李璟，雅重禪道，恭請法眼文益禪師入內庭問道，同觀牡丹花，法眼卽景賦詩曰：

擁毳對芳叢，由來迥不同。
髮從今日白，花是去年紅。
艷異隨朝露，馨香逐晚風。
何須待零落，然後知是空。

——《禪林珠璣・卷三》

毳者卽細羊毛之意，現今蘇州人稱爲底絨（見《辭海》），也就是毛氈的一種。

「擁毳對芳叢」，卽身披毛氈，中庭賞花，時值牡丹盛開，姹紫嫣紅，艷溢香濃，蜂蝶成團，美不勝收。但是好景不常，芳春易逝。暮春三月，百花爭發，朝露初零，艷紅如洗，秀色可餐，曾幾何時，綠暗紅稀，落紅委地，香塵逐風。春去秋來，花開花謝，亙古如斯，從無改異。沈佺期詩云：「年年歲歲花相似，歲歲年年人不同。」「髮從今日白，花是去年紅。」何足爲奇呀！明眼人見色明空，何待花殘葉落，始知芳春已去，一切成空呢?!

但是見色明空，聞聲證性，在修爲過程中，衹不過作到攝用歸體，證入眞空，並非究竟。馬祖道一說：「未有常行而不住，未有常住而不行。」換句話說，「常行而住」是攝用歸體，證入眞空，高登聖位。在這時，宇宙萬象滙歸自性，化爲無上知覺，見山不是山，見水不是水，心物統一，虛空粉碎，萬法皆空。「常住而行」是悟後起修，依體起用，涉世隨俗，放浪形骸，任運自在，作空花佛事，與水月道場，爲而不爲，不爲而爲，眞俗混一，心物無礙，見山是山，見水是水，青山不改，綠水長流，桃花依舊笑春風，何有凡情？何有聖境？臨濟大師說：「隨處作主，立處皆眞。」遊戲風塵，不爲風塵所染，隨順世流，不爲世流所流。這是見色不迷、聞聲不惑、不沾不礙的妙有境界，正如禪宗二十二祖摩拏羅尊者所說：

心隨萬境轉，轉處實能幽。
隨流認得性，無喜亦無憂。

——《指月錄‧卷一》

禪家參修得力，脫落根塵，心隨境轉，不沾不礙，體性澹然，如寒潭秋水，平明如鏡，天光雲影，任爾去來，影來自現，影過不留。同理，禪家悟後起修，隨緣涉世，不爲世流所流，「隨處作主，立處皆眞」（臨濟語），人海風波，是非恩怨，如夢影空花，漠不關心，當然更談不到喜、怒、哀、樂了。

禪家經過眞空的洗禮，才能證到凡聖一體、空有無礙的妙有境界。妙有以空爲體，以色爲用，是以用不離體，體不礙用，如白雲行空，舒卷自如，無往而不自在。兜率悅禪師描述妙有的境界頗爲生動：

萬丈洪崖倚碧空，人間有路不能通。
奈何一點雲無礙，舒卷縱橫疾如風。

禪家悟證眞空，超凡入聖，高不可攀，深不可測，如萬丈懸崖，高聳入雲，寬廣無際，不接人間，因爲眞空境界，離言絕相，不可言說，無法擬議，天上人間，無路可通。但是眞空不空，轉爲妙有，妙有非有，縹緲空靈，如白雲行空，舒卷自如，動如閃電，疾如飄風。妙有境界，以空爲體，以色爲用，是以用不離體，色卽是空，體不礙用，空卽是色，不落兩邊，遠離中道，自然與本體自性相應。

講更淸楚一點，妙有境界，超凡越聖，貫穿空有，爲形而上的本體界和形而下的現象界留出一線通路，所以禪家問空答有，問聖答凡，問東答西，諸如此類，令人無法把捉，藉以解黏去縛。

僧問：「如何是道？」師（趙州）曰：「牆外的。」曰：「不問這個道。」師曰：「你問那個道？」曰：「大道。」師曰：「大道通長安。」

——《指月錄・卷十一》

假如形而上的本體或大道沒有言說的餘地，那麼三藏十二部不是形同廢紙嗎？世尊說法四十九年所爲何來呢？這個問題的答案是讀經看教體取言外之意、弦外之音或透過一線道、繞路說禪，以免泥經執典死在句下，故古德說：「乘言者喪，滯句者亡。」

禪家擺脫世緣，脫落根塵，證入眞空，高居聖位，名「攝用歸體」。在聖位中，保任悟境，心不流逸，功用精純，然後出空入有，涉世隨俗，接物利生，名爲「依體起用」。

僧問夾山善會禪師：「如何是夾山境？」師曰：「猿抱子歸青嶂裡，鳥啼花落碧巖前。」

——《景德傳燈錄・卷十五》

「猿抱子歸青幛裡」，係指出有入空，「攝用歸體」，青幛代表本體，猿子代表現象，攝用歸體，退藏於密，亦卽證入空界；「鳥啼花落碧巖前」，係指出空入有，「依體起用」，碧巖代表本體的空界，鳥啼花落代表妙有，妙有非有，不離於空，故言「鳥啼花落碧巖前」。總括說來，前者是攝用歸體的眞空境界，後者是依體起用的妙有境界。那麼在妙有境界中禪家如何行履、接物利生呢？這個問題的答案已在龐蘊居士的偈頌中：

但自無心於萬物，何妨萬物時圍繞。
鐵牛不怕獅子吼，恰似木人見花鳥。
木人本體自無情，花鳥逢人亦不驚。
心境如如只遮是，何患菩提道不成。

卽心卽佛

摧残枯木依寒林，幾度逢春不變心。
樵客遇之猶不顧，郢人那得苦追尋。

——大梅法常

一池荷葉衣無數，滿樹松花食有餘。
剛被世人知住處，又移草舍入深居。

——隱山和尚

明州大梅法常禪師，初参馬祖（馬祖道一），問：「如何是佛？」祖曰：「卽心是佛。」師大悟，遂之(去)四明梅子眞舊隱，縛茅(結茅爲舍)燕處(淸修)。祖聞師住山，乃命僧問和尚(大梅)：「見馬大師得甚麼，便住此山？」師曰：「大師問我道：『卽心是佛』，我便向這裡住。」僧曰：「大師近日佛法又別。」師曰：「作麼生？」曰：「又道非心非佛。」師曰：「這老漢惑亂人心未有了日，任他非心非佛，我祇管卽心卽佛。」其僧回舉似祖，祖曰：「梅子熟也。」

——《指月錄・卷九》

案語：

大梅山法常禪師初參馬祖，便開門見山的問道：「如何是佛？」祖曰：「卽心是佛。」這個問題的答案，直接了當，一針見血，使大梅沒有運思緣慮的餘地。他一時楞住了，思路一斷，直起覺觀，洞徹心源，豁然開悟。古語說：「冰凍三尺並非一日之寒。」禪家的開悟是由漸而進的神祕經驗，靠了內因外緣的湊泊和其他條件的配合才能收功，比如先天的資稟、後天的努力、名師的指點、天時地利等，缺一不可。

大梅未見馬祖以前已經參修多年，是以在心性修養方面已經奠定了深厚的基礎。馬祖勘驗學人，別具隻眼，他一見大梅便知爲大乘法器，應以何種方便接引大梅，早已胸有成竹，所以他就大梅的癢處，痛下針砭，使他迴光返照，自見本性。對禪家而言，揚眉瞬目、揮拳豎指、行棒行喝、語言酬對，都是接引學人的方便法門，正如標月之指、捕魚之筌皆爲入道之機。學人循指見月，提筌得魚，既得其本應捨其末，所以《金剛經》說：「……如來常說：『汝等比丘，知吾說法如筏喻者，法尚應捨，何況非法。』」同理，語言文字如「卽心卽佛」、「非心非佛」無非指月之指，漉魚之筌，應在現象邊收，與本體自性，毫不相涉，學人泥執言句以求達道，何異捨本逐末，自成顚倒，故洞山良价說：「承言者喪，滯句者迷。」大梅言下頓悟，明心見性，始覺身心如幻，萬法皆空，玄言妙諦，如「卽心卽佛」、「非心非佛」，皆成戲論，故禪家說：「粗言與細言統歸第一義」。見性之人，見色明空，聞聲證性，「卽心卽佛」、「非心非佛」，不出自性，何有區分。

大梅聽僧人傳話「馬祖佛法又別，又道『非心非佛』」。不禁慨嘆地說：「這老漢惑亂人心何有了期：任你非心非佛，我這裡祇管卽心卽佛。」大梅得馬祖一言開示，自見本心，正如乘船過河，旣登彼岸，何必計較船之大小及式樣，正如「驪龍含珠，遊魚不顧」，是以一切方便語言，如「卽心是佛」、「非心非佛」早已時過境遷，成爲法塵心垢，何有分別揀選的必要。馬祖首肯大梅的見地，讚嘆地說：「梅子熟了。」

龐蘊居士特地前來勘驗大梅的功行見地，一見面，便問道：「未審梅子熟也未？」師曰：「熟也，你向甚處下口？」士曰：「百雜碎。」師伸手曰：「還我核子來？」士無語。

——《指月錄·卷九》

案語：

梅子熟了卽指大梅功行圓滿，明心見性。回答龐居士的話，大梅一語雙關地說：「梅子早已熟透了，但不知你向何處下口品嚐呀！」他倆在酬對之間互較機鋒。梅子已熟卽指大梅在馬祖言下開悟，悟後起修，內不著空，外不住有，中亦不立，令人無處下口，龐公也打趣地說：「百雜碎。」即指青黃間雜，尚未熟透。大梅也給他出了一個難題說：「還我核子來？」即指梅子熟透，入口而化，無跡可尋，那裡會有核子呢？龐公如答「有」、「無」，皆犯口過，因爲向上一機，不落「有」「無」，無言說相，故龐公一語不發。他倆機鋒相對，各不相下，傳爲禪林佳語。

唐貞元中……鹽官會下一僧入山採拄杖，迷路至庵前問曰：「和尚（大梅）在此山多少時也？」師曰：「祇見四山青又黃。」又問曰：「出山路向什麼處去？」師曰：「隨流去。」僧歸說似鹽官，鹽官曰：「我在江西時，曾見一僧，自後不知消息，莫是此僧否？」遂令僧去請師出，師有偈曰：

摧殘枯木依寒林，幾度逢春不變心。
樵客遇之猶不顧，郢人那得苦追尋。

——《景德傳燈錄・卷七》

案語：

鹽官追隨馬祖，學禪修道，已有多年，大梅得法馬祖，為入室弟子之一，鹽官及其弟子當有耳聞。

唐貞元年間，鹽官座下有一僧人，深入大梅山，伐木取材，製作掛杖。他在山中迷路，走到大梅的庵前，順便問道：「大師在此山棲隱多少年了？」大梅答道：「不知年月，但見四山青又黃。」古詩說：「山中無日月，寒盡不知年。」見性之人，脫落時空，對境無心，隨緣放曠，當然對時光的流轉和事境的推移漠不關心了。

僧問：「出山路向什麼處去？」大梅說：「隨流去。」一語雙關，就聖諦而言，空有無礙，去住自由，隨順世流不為世流所流；就俗諦而言，信步而行，自能出山。僧人回報大梅住山之事，鹽官深知大梅修道有成，乃令僧人請其出山弘法利生，但是大梅因時機未到，不肯出山，乃作偈說：「摧殘枯木依寒林，幾度逢春不變心。樵客遇之猶不顧，郢人那得苦追尋。」❶

❶ 見性之人身心非有，萬法皆空，恰如寒林枯木，了無生意，對境無心，是以幾度逢春，花明柳媚，視而不見，漠不關心。寒林枯木，無材可取，樵夫棄之不顧，木匠何必追尋。

禪家開悟的初階是「空諸所有」，內脫身心，外遷世界，見山不是山，見水不是水，一切化爲無上的知覺。這是《金剛經》的「應無所住」的階段，六祖慧能入道之初也脫不出「觀空證空」的範圍，所以他說：

菩提本無樹，明鏡亦非臺，
本來無一物，何處惹塵埃。

假如慧能大師走向「空性哲學」的不歸路，他最大的成就也不過是二乘的偏空，俗稱爲「扁擔漢」，所以五祖看到這個偈子，有點失望地說：「亦未見性。」後來六祖慧能在槽廠服役，一邊工作，一邊參修，保任悟境，長養聖胎，歷時三年，大有進境，最後在黃梅的開示下，大徹大悟，他說：

何期自性本自俱足！
何期自性本無動搖。

何期自性能生萬法。

——《壇經自序品》

這才是援空入有，「應無所住而生其心」，那就是以眞空爲體開擴心性從而達到心物無礙、體用兼備、卽色卽空的妙有境界。住空守有，皆爲禪家所詬病。四明竺仙和尙針對六祖的偈子：「菩提本無樹，明鏡亦非臺，本來無一物，何處惹塵埃。」也作偈道：

菩提本無樹，明鏡亦非臺，
本來無一物，卽此是塵埃。

大梅在馬祖言下開悟也祇能見色明空，依止空境。「空諸所有，應無所住」祇能說是開悟的初階。空覺未圓，離道尙遠，招賢禪師稱爲「百尺竿頭不動人」。但是如何由「應無所住」達成「而生其心」，還要下一番保任工夫。保者保持悟境，以免退失，任者任其所之，勿妄勿助。這樣才能達到心物無礙、性相交融的最高境界。《首楞嚴經》說：「圓明精心，於中發化，如淨琉璃，內含寶月。」色空無礙，十方通達。談到這個問題，招賢禪師作偈說：

百尺竿頭不動人（應無所住），雖能得入未為真。
百尺竿頭須進步，十方世界是全身（而生其心）。

保任之道，無論顯密，道家皆非常重視，道家稱爲「依雲臥石，長養聖胎」，《圓覺經》稱爲「淨覺隨順」，密宗稱爲「涅槃道大手印瑜珈法」，茲扼要分述如次：

《圓覺經．清淨慧品》說：「但諸菩薩及末世眾生居一切時不起妄念，於諸妄心亦不息滅，住妄想境不加了知，於無了知不辨眞實。」

《涅槃道大手印瑜珈法要》所載制心之術分爲㈠制念，㈡縱念，㈢止念：

制念之要，務於一想方生，即能勇猛根斷之，勿使滋蔓，則行人修習於定，自無阻滯。惟猛斷之法行之稍緩，則想復生想，紛至沓來，幾於斷不勝斷，制無所制，行者當此時境，心莫慌亂，蓋旣已知念想交馳，當已知盜賊來侵，此在定術語中名為「初能止」，如能應付得法，卽可趣入正安止境。其法為何？「知而不隨」是也，如遊人憩止河濱，一任水流長逝，目覩之而心不動，一任妄想突起突落，但知而不隨，則生滅無端之妄想心自與不生不滅之常住真心，了不相涉矣，禪家稱為念不礙體。船子和尚說：「竿頭絲線從君弄，不犯清波意自殊。」亦卽此意。縱念者任由妄念紛馳，不擒不縱，任其所之。知而不隨，尚有知在，此則能知所知皆屬戲論，似應置不理，何必勞心繫念，徒增困擾，正如善巧牧人飼養大隊牛羊於野，任其散漫而行，自由取食，不加約束。意念之生往往突如其來，飄然而沒，如閃電，如流矢，或如風捲殘雲，頃刻消散，並無定所，如行人追踪尋跡，徒勞無功，故應完全縱任之，是謂「中能止」境。此能令心平如水，而得安止，故甘波巴大師作偈說：

心不整治則自明，

水不攪動則自澄。

止念法有四以喻明之：

一、如撚婆羅門線法

撚波羅門線者，不可過緊，不可過鬆，惟當和柔平均，始能一氣撚成，瑜珈行人持心亦爾，羈勒過急，則滋擾難羈，縱意過泛，則有散亂之失，故當時縱時擒，張弛得宜，操縱合度，則心自得安止。

二、如孩童觀畫法

此非斤斤於擒縱，亦非痛斷之法。心爲能知喻爲象王，境爲所知，喻爲寶柱。拴象王於寶柱，即心繫一緣，以幻制幻，日久功深，自得調伏，瑜珈行者依教修持，久而久之，其靈識眞心，自得經由靈力風息等不可思議之加持力，而得穩住於其中樞靈脈穴中，於是忽然得其空明，而有不可自支之大樂境界。

三、止念如斬繩兩段，以免糾纏

行者依教修行，不能收功，難得安止，卽其能制所制，能縱所縱，糾纏膠固，如草蔴之扭結爲繩，惟有揮猛「能所皆幻」之正知慧劍，一斬兩段，繩且委棄，何計草蔴，幻心斷除眞心自當頓現，而得安止。

四、如象體無覺法

象體皮厚，雖爲荆棘所刺，其體毫無感覺其心亦不爲動，瑜珈行人修習於定，善能安止者，一有雜念生起，同時必有一種自能制止之覺慧，同在而生，此覺慧者，一逢雜想，自能不容其增盛，而能斷滅之，但此之覺慧，絕非假諸尋求伺察而得，乃自然具有之靈明妙慧，故教有云：「不斷覺慧流，恆自然能生」（《涅槃道大手印瑜珈法要》，英國伊爾文著，中國蓮菩提中譯）。

禪家在保任的過程中也特別重視覺慧的培育。

瑞巖師彥禪師居丹丘瑞巖，坐磐石，終日如愚，每自喚：「主人公。」復應：「諾。」乃曰：「惺惺著，他後，莫受人瞞。」

愚菴智及禪師頌云：「潦倒瑞巖無別法，尋常但道惺惺著；凡聖由來共一家，誰是主人誰是客。」

——《禪林珠璣》第三輯

主人公，即自覺的主體，代表覺慧，要隨時保持清醒，否則為幻境所轉，妄念所牽，認假作眞，隨它而去。這就是《圓覺經》所說的「以幻除幻」，以幻智（亦即覺慧）對治幻境。

愚菴智及禪師認為以幻智除幻境，主客歷然，能所對立，似與超名相絕對待的本體自性，不相契合，但亦不失為一個方便法門。《圓覺經》說：

善男子及末世衆生應當遠離一切幻化虛妄境界，由堅執持遠離心故，心如幻者亦復遠離，遠離為幻亦復遠離，離遠離幻亦復遠離，得無所離，即除諸幻，譬如鑽木，兩木相因，火出木盡，灰飛煙滅，以幻除幻亦復如是。

禪家提高覺性對治諸幻，一直到覺無所覺，空無所空，能所不立，心與境冥，垢盡明存，自見本性爲止。講得通俗一點，培養覺慧就是提高覺性，以心對境，不令縱逸，隨境而轉，隨念而去。神會大師說：「念來卽覺，覺之卽無。」《遺教經》說：「譬如牧牛執杖視之不令縱逸，犯人苗稼。」馬祖問石鞏：「汝在此作何務？」答曰：「牧牛。」又問：「牛作麼生牧？」答曰：「一回入草去驀鼻拽將來。」這種心理活動，俗話叫作「看念頭」。

禪家保任悟境，繼續前進，長養聖胎當非一朝一夕之功，所以他們遠離塵囂，擇地清修，入山唯恐不深，遁世唯恐不遠，所以隱山和尙作偈說：

一池荷葉衣無數，滿地松花食有餘。
剛被世人知住處，又移草舍入深居。

枯木龍吟

枯木花開刼外春，倒騎玉象趁麒麟。
而今高隱千峯外，月皎風清好日辰。❶
淨洗濃粧為阿誰，子規聲裡勸人歸。
百花落盡啼無盡，更向亂山深處啼。❷

——洞山良价

❶ 枯木花開，如死後復甦，刼外生春，天地異色，聖境現前，故能騎玉象趁麒麟，高隱於千山萬水之外，徜徉於清風明月之間，怡情悅性，物外天全，無往而不自在。

❷ 淨洗鉛華祇爲同體大悲，度生心切，正如子規啼血勸人歸去。在牠的「不如歸去」的說教聲中，牠點醒學人無邊聲色就是本體自性的縮影，是以見色聞聲，就路還家，自見本性，鳥啼花落，赤心片片，無情說法，永無止息，隨處皆是，何止亂山深處，色不自色，聲不自聲，當體卽空，何出自性，何得迷頭認影。

枯木龍吟真見道，髑髏無識眼初明。

——洞山良价

喜識盡時消息盡，當人那辨濁中清。❸

——曹山本寂

撫州曹山本寂禪師，泉州莆田，黃氏子，少業儒，年十九住福州，靈石出家，二十五登戒，尋洞山(良价)，山問：「闍黎名甚麼？」師曰：「本寂。」山曰：「那個聻(向上一機爲何)？」師曰：「不名本寂。」山深器之，自此入室，盤桓數載，乃辭去。山遂祕授洞上宗旨，復問曰：「子向甚處去？」師曰：「不變易處去。」山曰：「不變易處豈有去耶？」師曰：「去亦不變易。」

——《指月錄·卷十八》

❸ 枯木花開，心死神活，自然見道。情識脫落，本性無染，慧眼自明。情識雙泯，覺與佛齊，不生不滅，色即是空，何有凡聖之別、清濁之分？

案語：

師名「本寂」暗合本性空寂之理，故洞山問：「那個聻？」卽指向上一機，非色非空，超凡越聖，當非「本寂」，以何爲名？故師答稱：「不名本寂。」再者，本源眞性，不生不滅，不斷不常，無來無去，無動無靜，從無變異。故師言：「不變易處去，去亦不變異。」曹山深明洞山宗旨，外不著有，內不住空，超凡越聖，性相融通，故與洞山並駕齊驅，蔚爲禪門一代宗師。

紙衣道者來參，師問：「莫是紙衣道者否？」者曰：「不敢。」師曰：「如何是紙衣下事？」者曰：「一裘才掛體，萬法悉皆如。」師曰：「如何是紙衣下用？」者近前，應諾，便立脫（原神脫體而出），師曰：「祇解與麼去，何不解恁麼來？」者忽開眼問曰：「一靈眞性，不假胞胎時如何？」師曰：「未是妙？」者曰：「如何是妙？」師曰：「不借借。」者珍重便化。

——《指月錄·卷十八》

案語：

臨濟義玄高徒，紙衣道者來參，曹山問道：「台端是鼎鼎大名的紙衣道者嗎？」紙衣答曰：「不敢。」曹山又問：「你在參修方面有何進益呀？」紙衣答稱：「一性圓明，三世平等，諸法自在，如如不動。」這是徹悟以後心物統一、性相不二、諸法如義的境界。師曰：「如何是紙衣下用？」「用」者依體起用的意思，那就是說，悟證本體、明心見性以後，如何依體起用？紙衣說：「謹受教。」然後走向前來，挺身而立，元神脫體而出，立卽氣絕身死，這就是明體達用，示現生死的一例。禪家所謂：坐脫立亡，卽指此而言。曹山說：「你祇曉得坐脫立亡，那麼死後復甦，來去自如，又當如何呢？」紙衣道者立時起死回生，睜開眼睛說：「一靈眞性，不借胞胎，出生入死，又當如何呢？」曹山答道：「尚未入妙！」紙衣說：「如何是妙？」曹山說：「一靈眞性，不生不滅，無來無去，內不住空，外不著有，無所依托，因爲出生入死，不假胞胎，仍有生滅出入之相，當非解脫之道。」紙衣言下頓悟，道聲珍重，便自化去。

曹山問強上座曰：「佛真法身，猶如虛空，應物現形，如水中月，作麼生說個應的道理？」曰：「如驢覷（窺）井。」師曰：「如井覷（看）驢。」

——《指月錄·卷十八》

案語：

驢窺井，井看驢的公案，禪家參詳，各執一說，聚訟紛紜，但就佛理而言，驢兒窺井，自見其形，這是禪家明心見性的階段，「井看驢」在參修的階梯上又上重樓，當非明心見性可比，前者證入人空得心自在，後者證入法空，得法自在，禪家得法自在，妙智圓明，如古井不波，空明澄澈，鑑物照形，了了分明，雲來月去，不留踪影，故言法身無相，應物現形，無物不顯，無理不彰，這是以眞空爲體、妙有爲用的正覺境界，和證得心自在的人空境界相去何止十萬八千里呀！故曹山說：「驢覷井……祇道得八成。」

僧問香嚴：「如何是道？」嚴曰：「枯木裡龍吟。」曰：「如何是道中人？」嚴曰：「髑髏裡眼睛。」僧不領，乃問石霜：「如何是枯木裡龍吟？」霜曰：「猶帶喜在。」曰：「如何是髑髏裡眼睛？」霜曰：「猶帶識在！」又不領，問師（曹山）：「如何是枯木裡龍吟？」師曰：「血脈不斷。」曰：「如何是髑髏裡眼睛？」師曰：「乾不盡。」「未審還有得聞者麼？」師曰：「盡大地未有一人不聞。」曰：「未審枯木裡龍吟是何章句？」師曰：「不知是何章句，聞者皆喪。」遂示偈曰：「枯木龍吟真見道，髑髏無識眼初明，喜識盡時消息盡，當人那辨濁中清。」

——《指月錄・卷十八》

案語：

這個公案牽涉到三位禪門尊宿——香嚴智閑、石霜慶諸和曹山本寂，他們在答客問中透露出不同的參修消息。香嚴說：「枯木裡龍吟」表示學人參修得力，證入人空，超凡入聖，「枯木」代表「凡心死」，「龍吟」代表「聖智生」。莊子在〈養生主〉裡說：「……臣以神遇，而不以目視，官知止而神欲行。」「神遇」就是心領神會，離開知覺感覺進入超覺。換言之，眼、耳、鼻、舌、身等各種官能停止活動以後，來自直覺的靈知才能發揮作用。洞山良价說：

枯木花開劫外春，倒騎玉象趁麒麟。
而今高隱千峯外，月皎風清如日辰。

凡情已盡，聖智現前，天地異色，如枯木逢春，劫外花開，別有一番景象，乘玉象坐麒麟，徜徉於千山萬水之外，嘯傲於清風皓月之間，優遊卒歲，物外天全，快何如之，禪家所謂「大死一番」、「枯木生華」亦即此意。

但是「龍吟」雖已超凡入聖，猶落階梯，因爲厭凡希聖的法執未破，難證眞空，故石霜說：「猶帶喜在。」這裡所謂「喜」是指厭凡欣聖的成就感。

香嚴繞路說禪，故用形象化的語言，點醒學人的道眼。「髑髏裡眼睛」暗示心死神活，也就是莊子「官知止而神欲行」的說法，但是在禪家的字典裡「神」卽是識神，爲幻智的化身，亦卽本體自性的光影，是以執著識神乖離自性，實爲入道之障，故石霜說：「猶帶識在！」招賢禪師談到神識的問題作頌說：

學道之人不識真，祇為從來認識神。
無始劫來生死本，癡人喚作本來人。

關於「如何是枯木裡龍吟？」和「髑髏裡眼睛」的問題，曹山的答案是「血脈不斷」和「乾不盡」，那就是說，一切事物都是眞妄和合，妄不離眞，眞不異妄，本體和現象是一個錢的兩面，未可劃分，是以離妄卽眞，垢盡明存，故言「血脈不斷」，同理，情識兩空，眞性自顯，故言「乾不盡」。馬祖道一說：「不盡有爲，不住無爲，有爲是無爲之用，無爲是有爲之依。」（《指月錄·卷五》）曹山悟徹本源，妙智圓明，外不著有，內不住空，亦無中道，就無爲而言，萬法皆空，空亦不立，但是眞空不空，何有斷滅，故言：「血脈不斷」，「乾不盡」。

馬祖說：「森羅及萬象，一法之所印。」是以本體自性如水中月，應物現形，蠢動含靈，何能出其外耶，故曹山說：「盡大地未有一人不聞。」所謂「聞者皆喪」即指學人情識兩空，始能入道見性，曹山引申此義乃作偈曰：

枯木龍吟真見道，髑髏無識眼初明，
喜識盡時消息盡，當人那辨濁中清。

見桃花入道

三十年來尋劍客，幾回落葉又抽枝。
自從一見桃花後，直至如今更不疑。

——靈雲志勤禪師

靈雲一見不再見，紅白枝枝不著花。
叵耐釣魚船上客，卻來平地摝魚蝦。

——寂音大師

福州靈雲志勤禪師，本州長谿人也，初在溈山，因見桃花而悟道，有偈曰：

三十年來尋劍❶客，幾回落葉又抽枝。
自從一見桃花後，直至如今更不疑。

溈（溈山）覽偈，詰其所悟，與之符契，囑曰：「從緣悟達，永無退失。善自護持。」

——《指月錄·卷十三》

後來，寂音大師勘驗這個偈子是否為見性之作，也作了一個偈子：

靈雲一見不再見（見色明空，心不住境，故見而不見），紅白枝枝不著花。
叵耐釣魚船上客，卻來平地摝魚蝦。

他的評語是肯定的，靈雲一見桃花，便由相證性，見色明空，收歸己有，因為現

❶ 尋劍係指尋求靈心慧劍之意。

象就是本體的表徵，本體就是自性。桃花是現象之一，當然不離自性，所以一見之後，桃花已成自性中物，結果，紅白枝枝，花不成花。這祇是「見山不是山，見水不是水❷」的境界，尙未透脫三關，達到性相圓融、心物統一的地步。

眞如佛性也就是自性，人人本具，個個圓成。但是一般人不知珍惜自家寶藏，反而捕光捉影，心外求法，就和釣魚船上的漁夫在陸地撒網、捕捉魚蝦一樣。靈雲見桃花而悟道，是由現象認證本體，佛家稱爲「見色明空」。這是一種超直覺的慧心觀照，遠離分別計度、顚倒妄想，故能直徹心源，自見本性。古語說：「冰凍三尺，非一日之寒。」三十年來，他勤修苦鍊，終於鍛鍊出一把靈心慧劍。在這三十年的過程中，他歷盡艱辛，飽經風霜。他看到年光的流轉，春去秋來，花開花謝，落葉抽枝，年復一年，更感到事物的無常和生命的空虛。「年年歲歲花相似，歲歲年年人不同」，隨著時光的消逝，他的靈心慧劍，火候已足，霜刃未試。最後時機成熟，這把慧劍應緣出，許汝親見老僧。

❷《指月錄．卷廿八》：吉州青原惟信禪師，上堂。老僧三十年前，未參禪時，見山是山，見水是水。及至後來，親見知識，有個入處，見山不是山，見水不是水。而今得個休歇處，依前見山祇是山，見水祇是水。大眾，這三般見解是同？是別？有人緇素得出，許汝親見老僧。

起用，利刄一揮，斬斷情纏意鎖，直搗黃龍，自見本心，疑團打破，虛空粉碎，青山不改，綠水長流，桃花依舊笑春風，無怪溈山禪師驗證他的偈子說：「從緣悟達，永無退失。」

聞蛙聲入道

春天月夜一聲蛙，撞破乾坤共一家。
正恁麼時誰會得？嶺頭腳痛有玄沙。

——張九成

宋無垢居士張九成未第時，則心慕楊文公、呂微仲之學，謁寶印明，問入道之要。明曰：「此事惟念念不捨，久久純熟，時節到來，自然證入。」復舉柏樹子話，令時時提撕。公久之無省(悟)。辭謁善權清公，問：「此事人人有分，個個圓成是否？」清曰：「然。」

「為什麼某無個入處？」清於袖出數珠，示之曰：「此是誰的？」公俛仰無對。清復袖之曰：「是汝的，則拈去！纔涉思惟（分別計度，情生智隔），則不是汝底（的）。」公悚然，未幾，留蘇氏館。一夕入廁，正提柏樹子話，聞蛙聲，釋然契入，述偈曰：

春天月夜一聲蛙，撞破乾坤共一家。
正恁麼時誰會得？嶺頭脚痛有玄沙。❶

——《指月錄‧卷卅一》

聞蛙聲而入道，也是從緣悟達。這個心路歷程，佛家稱爲「知幻卽離，離幻卽覺」。用現代語言來說，就是從現象認證本體，正如前節所述，從緣悟入，要有相當的鋪路工夫，並非一蹴而及。僧問趙州：「甚麼是祖師西來意？」趙州答稱：「庭前

❶ 正恁麼時爲唐語，卽指思路中斷的時候。《六祖壇經》：「惠明作禮，云：『望行者爲我說法？』惠能曰：『汝既爲法而來，可屛息諸緣，勿生一念，吾爲汝說明。』良久，惠能曰：『不思善，不思惡，正恁麼時，那箇是明上座本來面目？』惠明言下大悟。」《正法眼藏》云：「玄沙初欲偏訪諸方，參尋知識，攜囊出嶺。築（方便鐽）著腳指，流血痛楚，嘆曰：『是身非有，痛從何來？』」

柏樹子。」這個答案，毫無意義，叫人無法運思緣慮。張九成時時提撕這個，就現世觀念來說，不合邏輯的「柏樹子」話頭，日子久了，自然可以清除名言思辯的意念心垢，這也可以說是培育超直覺的離念靈知的下手工夫。善權清公老婆心切，叫他從無意識處著手，探測心源，當他問道：「我爲什麼沒箇入處？」清公從袖子裡拿出數珠說：「是你的就拿去吧！心念一動，情生智隔，就不是你的了。」

這個答案有雙重意義：㈠數珠也是現象之一，不離本體，當然是他自性中物，但是一念情生，他便在現象界兜圈子，不能悟證本體，當然這個數珠也就不是他的了。㈡這個答案從字面上看來，毫無意義，驢唇不對馬嘴，使他面對丈二金剛，摸不著頭腦。他一時楞住了，在這一霎那，他念念遷流的心意識作用也中斷了，這種種都有助於他的「清除心垢」。培育離念靈知的努力，一旦機緣成熟，見色聞聲都是入道之機。大慧普覺禪師說：

> 但於日用應緣處不昧，則日月浸久，自然打成一片。何處為應緣處？喜時怒時，判斷公事時，與賓客相酬酢時，與妻子聚會時，思

量善惡時，觸境遇緣時，皆是噴地一發時節，千萬記取這個道理。

——《指月錄・卷卅一》

春天夜月，萬籟俱寂，一聲蛙鳴，觸動靈機，心行滅處，當下卽是。覺性圓滿，物我統一，見色如見心，聞聲卽認性。——宋張拙說：「一念不生全體現，六根才動被雲遮。」也就是這個道理。講得更淸楚一點，揭開心意識的序幕，本原眞性立卽顯現，涵蓋乾坤，包羅萬象，虛空世界，山河大地，動植庶品，不離本體，都是心中故物，何有人我？何有色空？何有現象？何有本體？這是心物統一、天下一家的微妙境界，這和玄沙禪師從緣悟入的經驗頗有近似。如前節所述，玄沙禪師身背行囊，手攜方便鏟，登山涉水，參訪善知識。有一天，他攀登山崗，方便鏟從手頭滑落，砸傷了腳指，血流如注，痛徹心肝，一時情急，思路中斷，靈光一閃，恍然大悟。「四大無我，五蘊皆空，身非我有，傷痛何由而來呢？」談到這裡，最要記取從緣悟達，事修更重於理悟，僅有文字般若，而無實地參修工夫，無異畫餅充饑、隔鞋搔癢，和本原心性毫無交涉。

笙歌叢裡見眞情

金鴨香銷錦繡幃，笙歌叢裡扶醉歸。
少年一段風流事，祇許佳人獨自知。

——克勤佛果禪師

成都府昭覺寺克勤佛果禪師，彭州駱氏子，世宗儒師，兒時日記千言。偶遊妙寂寺，見佛書，三復悵然，如獲舊物，曰：「予殆過去沙門也！」即去家……最後見五祖，盡其機用，祖皆不諾（肯），乃謂祖强移換人，出不遜語，忿然而去。祖曰：「待你著一頓熱病打時，方思量我在。」師到金山染傷寒，困極，以平日見處試之，無得力者，追繹五祖之言，乃自誓曰：「我病稍間，即歸五祖。」病痊尋歸，祖一見而喜，令即參堂……方半月，會部使者解印還蜀，詣祖問道，祖曰：「提刑❶少年，曾讀小豔詩否？有兩句頗相近：『頻呼小玉元無事，祇要檀郎認得聲。』」

提刑應諾諾，祖曰：「且仔細。」師適歸，侍立次，問曰：「聞和尚舉小豔詩，提刑會否？」祖曰：「他祇認得聲。」師曰：「只要檀郎認得聲，他既認得聲，為什麼卻不是？」祖曰：「如何是祖師西來意？庭前柏樹子，聻。」師忽有省（悟），遽出，見雞飛上闌干，鼓翅而鳴，復自謂曰：「此豈不是聲？」遂袖香入室，通所得，呈偈曰：

金鴨香銷錦繡幃，笙歌叢裡扶醉歸，

---

❶ 提刑爲宋時官名，趙宋選朝臣爲諸路提點刑獄官，簡稱提刑。明清以提刑按察使爲一省司法長官，清末改爲按察使。

少年一段風流事，祇許佳人獨自知。

祖曰：「佛祖大事，非小根劣品所能造詣。吾助汝喜。」祖徧謂山中耆舊曰：「我侍者參得禪也。」由此所至推為上首。

——《指月錄・卷廿九》

禪家「不立文字，見性成佛」的說法，並非否定語言文字的功能。宇宙萬象包括我們的身心世界，不出本體自性，是故語言文字代表我們的意念心聲，又何嘗在本體自性之外？色空不二，性相一如，本體不異現象，現象不出本體，語言文字亦爲現象之一，又何嘗不是載道之具、入道之機呀！

歷代禪門尊宿誦經聞法，參尋知識（善知識），於言下開悟見道者比比皆是，有的一言契機悟徹本源，有的得一轉語，頓開茅塞。但是語言文字雖爲載道之具，卻與意想情識糾結不淸，如果學人不明文字般若，離心意識參究悟證，難免捲入文字葛藤而不能自拔，這就是禪家所謂「乘言者喪，滯句者迷」。無怪臨濟大師說：「……三乘十二分教，皆是拭不淨故紙。」

如此說來，三乘十二分教和禪門語錄公案，汗牛充棟，陳陳相因，難道說眞的形同廢紙，不值一顧嗎？這個問題的答案，當然是否定的。六祖惠能說：「心迷法華轉，心悟轉法華。」迷悟在人，與經論無關。所謂文字般若，就是文字解脫，《金剛經》說：「離一切諸相，卽名諸佛。」得意忘言，離文字相才能體取言外之意、弦外之音。因爲語言文字旣爲現象之一，由現象證入本體，當然要一超直入、脫落現象了。

臨濟大師說：

> 山僧見處，無如許多般，祇是平常著衣吃飯，無事過時，逢佛殺佛，逢祖殺祖，逢羅漢殺羅漢，逢父母殺父母，逢親眷殺親眷，始得解脫，不與物拘，透脫自在……
>
> ——《指月錄・卷十四》

我們不妨再添一句「逢文字殺文字」，才能得到文字的三昧解脫。克勤佛果禪師聞小豔詩而入道，也是得力於文字解脫三昧。

某提刑解印還鄉，向五祖法演請示法要，五祖繞路說禪，借用小豔詩來指點從緣悟入的方便法門。小玉是一個侍女的名字，她的女主人呼喚她的小名，並無別意，祇不過使她的情郎聽到她的聲音，然後循聲尋人和她親近。這種循聲認人的過程，和禪家從緣入道的心路歷程頗爲近似，所以五祖說：「提刑少年曾讀小豔詩否？有兩句頗相近。」但是見色聞聲悟證自性並非人人可爲，因爲由比量的思想擬議，轉入現量的直覺直感，並非一蹴而及，其間要有長期修治心性的鋪路工夫。提刑因爲明心見性的工夫不夠，聽到小豔詩以後，「祇認得聲」，不能透脫聲色之網自見本性。相對地，克勤佛果行腳多年，眞參實證，歷盡艱辛，並且身經熱病及其他事境的磨練，情識漸空，心境靈明，故能聞聲體道，悟徹本源。證道以後，虛空粉碎，性相融通，乾坤一家，卽空卽有，卽體卽用，宇宙萬象，大如河川山岳，小如芥子微塵，皆滙歸自性。

正如王船山所說：「宇宙卽吾心，吾心卽宇宙。」心外無物，物外無心。因此，鐘鳴鼓響、雞啼犬吠、翠竹黃花、庭前柏樹、百草梢頭，皆爲本體自性的代言人，透過聲色之網，來體驗人生世相，何處不是道眼？何物不是菩提？無怪克勤佛果說：「祇要檀郎認得聲，他既認得聲，爲什麼卻不是？」描述他的聞聲入道過程，克勤佛果作偈說：

金鴨香銷錦繡幃，笙歌叢裡扶醉歸。

少年一段風流事，祇許佳人獨自知。

用現代語言來說，這個偈子的大意不外下列數點：禪家在未悟以前，拋家離舍，多方遊走，參禪訪道，風塵僕僕，幾無暇晷，他們在聲色交錯的現象界裡打滾，險難重重的世路上奔波，正如縱情聲色的風流佳客，在綺羅堆裡、簫鼓聲中追歡尋樂，過著醉生夢死的生活。那是何等迷人的景象呀！在珠簾繡戶的銷金帳裡，華燈初上，金鴨飄香，依翠偎紅，淺酌低唱，酒酣耳熱，漸入醉鄉，意懶身慵，靠人相扶，始能回房就睡。這種銷魂蝕骨的風流韻事，除了同床共枕的「佳人」，他人無從知曉。這好比一個浪跡塵世的禪客，多年行腳，參禪訪道，得不到一個入處。但是在失望之餘，一個偶然的機會，也可以說機緣成熟，使他在一位善知識開導之下，悟徹本源，甚或見色聞聲，從緣悟入。「踏破鐵鞋無覓處，得來全不費工夫。」這種奇妙的開悟經驗，來自直覺直感，不容言說擬議，如人飲水，冷暖自知。所謂「佳人」就是自性，「佳人獨自知」就是自性知見，知而離知，見而離見，孤立絕緣，不沾不礙。自性人人本具，不從外得，心路一轉（由比量轉入現量），當下卽是。

談到追尋自性的問題，筆者不妨引述宋代詞人辛稼軒的〈青玉案〉，以供讀者玩味：

東風夜放花千樹，更吹落星如雨。寶馬雕車香滿路，鳳簫聲動，玉壺光轉，一夜魚龍舞。 蛾兒雪柳黃金縷，笑語盈盈暗香去。衆裡尋他千百度，驀然回首（心路一轉），那人卻在燈火闌珊處。

平地望高坡

鑿破蒼崖已失真，又添行客眼中塵。
請君試看他山石，不費工夫自法身。

——高仲常

江山歷盡幾施功，方得逢人話昔同。
春到洞庭南壁岸，鳥啼西嶺月昇東。

——投子丹霞

舉僧問郢州趙横山柔和尚：「如何是佛？」柔云：「平地望高坡。」
師舉《華嚴經》云：「佛身充滿於法界，普現一切衆生前，隨緣赴感靡不周，而恆處此菩提座。」方信道無一名不播如來之號，無一物不閫遮那之形。故高仲常題龍門萬佛詩云：

鑿破蒼崖已失真，又添行客眼中塵。
請君試看他山石，不費工夫自法身。

——《空谷集‧卷中》

案語：

永明延壽禪師說：「同坑無異土。」平地與高坡，同一體性，未可劃分，是以居平地而望高坡，無異騎驢覓驢，自生分別，無有是處。《華嚴經‧夜摩天宮品》說：「心佛與眾生，是三無差別。」又云：「三界所有唯是一心。」由此可知，萬法心生，心佛一體，宇宙萬物，塵塵刹刹，皆為心佛之表徵，何得視為異物？學人擬心求佛，自捨家珍，向外追尋，徒勞無功，正如鑿壁雕佛，以假亂眞，使遊客止步，望而生信，徒增幻覺，離道更遠。試觀他山之石，自然生成，又何嘗不是諸佛法身的大機大用呢？古德說：「山河與大地齊露法王身。」何物而非心佛之體？何處而無入道之機？林泉老人評唱說：

平地望高坡，莫眵眼斫額擡眉，擬若如斯，蹉過多矣。不見道仰之彌高，鑽之彌堅，瞻之在前，忽焉在後，且向無縈惹沒粘帶處，仔細參詳，頌曰：

江山歷盡幾施功，方得逢人話昔同。
春到洞庭南壁岸，鳥啼西嶺月昇東。

——《空谷集．卷中》

林泉老人評唱的本意是心佛不隔，即心是佛，於內覺觀，當下即是，切莫擡額瞬目向外追尋。「平地望高坡」，徒勞無功，「仰之彌高，鑽之彌堅，瞻之在前，忽焉在後。」莫在聲色中追尋，莫於意根下卜度，一念無生，眞性自現，何假外求？「江山歷盡幾施功，方得逢人話昔同。」修禪悟道，要有相當的鋪路工夫，絕非一蹴而及，多年行脚，歷盡江山，功用精純，遇緣觸機，才得有個入處。悟後起修，隨緣涉世，接引初機。一旦機緣巧合，得遇知音，共話無生，一言相契，便知見性之人，自他無礙，今昔相同，「會則塗中授與，不會則世諦流布。」那就是說，遇到知音人，當場指示法要，助其入道，續佛慧命，否則用世俗語言搪塞而過。

「春到洞庭南壁岸，鳥啼西嶺月昇東。」春回大地，暖日初融，花明柳媚，春色無邊，洞庭南岸，鳥啼西嶺，月上遙天，風光無限。但是諸法緣生，緣生性空，見色明心，一念不起，當體卽空，切忌隨聲逐色，背覺合塵，流浪生死，辜負己靈。

舉僧問法眼（文益）慧超咨和尚：「如何是佛？」法眼云：「汝是慧超。」

——《碧巖錄・卷十六》

圜悟勤禪師評唱說：

……這個公案探討的人很多，而以情識作妄解的也大有人在。大凡古人開示一字半句，就如同擊石火、閃電光，直截地撥開一條線路，讓後人撇開情識網、文字障，直接體會言外之意、弦外之音，也就是所謂「言外知歸」。但是後人只會在字句上追尋，以情識計度妄解。有的說：「慧超便是佛，所以法眼才那樣答話。」有的說：「這像騎牛尋牛。」也有人說：「問的人便是佛。」這種種說法和公案的原意風馬牛不相及。這不但辜負了自己的靈智，並且曲解了古人的深意。……慧超禪師能夠在言下徹悟，因為他在參禪修道方面作了多年的鋪路工夫。所謂冰凍三尺，並非一日之寒，否則怎能在一句話下脫落桶底，大徹大悟呢？

針對這個公案，雪竇重顯禪師作頌說：

江國春風吹不起，鷓鴣啼在深花裡。
三級浪高魚化龍❶，癡人猶戽夜塘水。

❶ 三級浪即三層浪波。《淮南子》曰：「禹鑿龍門。」即現今孟津之地。每年三月三日，桃花盛開，風和日暖，天地所感，赤稍鯉魚，齊集龍門，有的騰躍而過，立時頭上生角，化爲飛龍，昂鬃鬣尾，拏雲而去，跳不過者，則點額而回。

佛果圜悟禪師評唱說：「雪竇是個大行家，他知道法眼接引後學的訣竅和慧超的功行進境，所以三言兩語便道出這個公案的底蘊。」

「江國春風吹不起，鷓鴣啼在深花裡。」這兩句話祇能作一句解。慧超問：「如何是佛？」法眼答：「你是慧超！」在問答之間，慧超靈光一閃，直起覺觀，脫落根塵，超凡越聖，證入大覺的自性之海，在那裡心物統一，生佛一體，自在無礙，何有能問所問、能答所答的問題？張拙秀才說：「一念不生全體現。」係指眞性現前，超聲越色，脫落時空，大而無外，小而無內，就是暮春三月南國的春風也吹它不起。但是，法眼文益的答話卻喚醒了慧超的靈覺之性，它像花叢深處的鷓鴣啼聲，向行人不斷呼喚「不如歸去」，證性返眞。

「三級浪高魚化龍，癡人猶戽夜塘水。」慧超於言下開悟，證性返眞，恰如鯉魚化龍破空飛去。但是後世禪客死守公案，參究言句，執相求禪，正如無知漁夫，坐守坡塘，日夜辛勞，戽取塘水，以期竭澤而漁，焉知赤稍鯉魚早已跳過龍門，化龍飛去，愚不可及。

有一位名叫玄則的監院❷，在法眼文益會中，從不參堂。有一天，法眼問他道：

---

❷ 監院，禪宗六知事之一，監督一寺者，古謂監寺爲監院，因有長老駐寺，不得稱爲寺主。

「則監院何不上堂請示法要呀?」玄則答曰:「和尙,你難道不知道我在青林師虔禪師那裡早就得到一個入處嗎?」法眼道:「你說說看。」玄則說:「我問:『如何是佛?』青林答道:『丙丁童子來求火。』」法眼說:「道理不是這樣講法,恐怕你會錯意了,請你講得更淸楚一點。」玄則祇好再講一遍:「丙丁屬火,以火求火正如某甲是佛更去身外求佛,不是荒謬之極嗎?」法眼說:「監院!你果然會錯意了。」玄則被法眼這樣指責,憤懣不平,便起單離去。法眼說:「此人如果回頭,還有得救,否則救不得了。」玄則走到半路,盤算著:「法眼道法通玄,領導五百人參禪修道,這樣一位了不起的善知識怎會騙我?」於是回去再參。法眼說:「你祇管問我,我爲你解答。」於是玄則問道:「如何是佛?」法眼答道:「丙丁童子來求火。」玄則言下大悟。

禪家的開悟雖然是一種錯綜複雜的神祕經驗,但是脫不出覺性的培育和擴展。覺性又稱爲離念靈知,在修爲過程中逐步擴展,由直覺而超覺,終於達到圓圓果海的大覺。直覺直感,現代美學家稱爲形象的直覺或創作性的直覺,孤立絕緣,不沾不滯,遠離是非恩怨、情牽物累,不受自我意識的干擾和功利主義的支配。這是一種純經驗境界，覺明虛靜，意念不起，應事接物，如鏡中觀相，洞然明白，無礙自在，正如《莊子‧養生主》所說：「……方今之時，臣以神遇而不以目視，官知止而神欲行。」那就是說，受情識支配的感官活動停止以後，近乎神奇的覺性或離念靈知立卽取而代之，產生現行。所謂「神」，就是覺性或離念靈知。禪家未悟以前，行腳參堂，潛修默證，就是淸除情識的心垢，培養靈明的覺性。一旦工夫到家，機緣成熟，善知識一言半語或一棒一喝就會打落他的桶底，豁然開悟，覺性的擴展使他別有天地，耳目一新，「見山不是山，見水不是水」，此正所謂「通玄峯頂，不是人間。心外無法，滿目靑山」（《碧巖錄‧卷十七》）。

雨來江干見本心

幾年箇事掛胸懷，問盡諸方眼不開。
肝膽此時俱裂破，一聲江上侍郎來。

——分庵主

分庵主為道猛烈，無食息暇。一日，倚石欄，看狗子話(參趙州狗子有佛性也無)，雨來不覺，良久，衣濕知是雨。爾後，因行江干，聞階司喝侍郎來，忽然大悟，說偈曰：
幾年箇事掛胸懷，問盡諸方眼不開。

肝膽此時俱裂破，一聲江上侍郎來。

——《人天寶鑑·卷下》

分庵主向道心強，銳意求進。一方面拋家離舍，遊走他方，參訪善知識，但無所獲，智眼未開。一方面屏除萬緣，單提一念，參究話頭，念茲在茲，時時提撕，幾至廢寢忘食。一日，斜倚石欄，江干獨立，看「趙州狗子有佛性也無」的話頭。一時功用精純，萬念歸一，識性不起，雨來不覺，遍體淋溼。此時此際，思量緣慮的比量心理活動已逐漸停止，現量的直覺和超覺也開始萌生了。這正是莊子所說「官知止而神欲行」的佳境，欲悟未悟，欲證未證，在如醉似癡、無覺無知的當兒，忽聞江上一聲大喝爲侍郎開路，如春雷暴綻，心膽俱裂，思路中斷，眞性現前，恍如大夢初醒，天地異色，身心世界，滙歸自性，人天交會，海濶天空，始知衆生與佛，不隔寸絲，於內覺觀，當下卽是。

禪家遇緣觸機，豁然開悟，是一種神奇的經驗，心理學家稱爲「靈感性的直覺」，可遇而不可求，它像飄風閃電一樣應緣而起，稍縱卽逝，不可捉摸。就心理狀況而言，淺層的直覺接近佛家的有漏現量；深層的直覺，近似佛家的無漏現量（請參閱拙作《天人之際・第十章・唯識論與心理分析》，東大圖書公司出版）。直覺的發展因人而異，層次不同，就其發展的順序而言，概分爲平常人的直覺、聖哲的超覺和佛菩薩的妙覺和正覺。

由名言思辯的比量心態轉入直覺直感的現量心態要有多年修治心性的鋪路工夫，這種心態轉變過程和電視機改變頻道一樣。舉例而言，電視機的第五頻道（Channel No.5）關閉以後，第六頻道才能開啓。隨著頻道的變換，電視畫面上顯現的聲光影像也有所不同，心靈電視機的頻道祇有兩種——比量頻道和現量頻道。前者涉及名言思辯和邏輯思想，後者涉及形象的直覺和靈感性的超覺。在某種場合之下，一種突如其來的刺激、影像、恐懼、痛苦或情感的波動都會打斷一個人的慣常思路，使他的心靈電視機由比量的頻道轉入現量的頻道。一霎時，靈感性的直覺像電光石火一樣，突破現象界的聲色之網，直徹心源，與大化冥合、天地同體，時空之量、物我之分，蕩然無存。這就是心物統一、乾坤一家的境界。《維摩詰經》說：「直心是道場。」即指此而言。

前三三與後三三

廓周沙界勝伽藍，滿目文殊是對談。
言下不知開佛眼，回頭祇見翠山巖。

——明招獨眼龍禪師

千峯盤屈色如藍，誰謂文殊是對談？
堪笑清涼多少衆，前三三與後三三。

——雪竇重顯禪師

舉文殊問無著：「近離甚處？」無著云：「南方。」文殊云：「南方佛法如何住持？」著云：「末法比丘少奉戒律。」文殊云：「多少眾？」著云：「或三百或五百。」無著問文殊：「此間如何住持？」文殊云：「凡聖同居，龍魚混雜。」無著問：「多少眾？」文殊云：「前三三，後三三。」

——《碧巖錄·卅五案》

佛果圜悟禪師在他的評唱中說：

杭州無著文喜禪師去山西五台山朝拜文殊師利菩薩。五台山又名清涼山，是文殊師利的道場，為四大佛教聖地之一。在半途中，文殊為了接引無著在荒山野地裡變現出一座寺院供他投宿，文殊問道：「你最近離開甚麼地方？」無著說：「剛剛從南方的杭州來。」文殊又問：「南方的佛法如何住持？」無著說：「末法時代奉行戒律的比丘很少。」文殊問：「有多少僧眾？」無著說：「有的地方三百人，有的地方五百人。」無著反問文殊：「這裡的佛法如何住持？」文殊說：「凡聖同居，龍蛇混雜。」無著問：「多少僧眾？」文殊說：「前三三後三三。」

然後二人對坐吃茶，文殊舉起玻璃杯說：「南方有這個嗎？」無著說：「沒有。」文殊問：「那麼南方人平常用什麼吃茶？」無著默不作答，禮謝告辭。文殊叫均提童子送他出門，無著問童子說：「前三三，後三三到底是多少？」童子說：「大德！」無著應諾，童子說：「是多少？」無著又問：「這是什麼寺院？」童子手指金剛神後面，一語不發，無著回頭一看，那座寺院和均提童子都不見了，恍如煙消雲散，毫無踪影。目前是一片空曠的山谷，後人稱為「金剛窟」。

明招獨眼龍禪師作頌說：

廓周沙界勝伽藍，滿目文殊是對談。
言下不知開佛眼，回頭祇見翠山巖。

案語：

無著禪師和文殊師利菩薩有殊勝因緣，所以文殊在他去五台朝聖的途中，變現一座伽藍，供他投宿，然後請他對坐吃茶，在世俗寒暄中透露玄機妙諦，開啓他的智眼。這就是：「會則途中授予，不會則世諦流布。」

文殊問：「南方佛法如何住持？」談到這裡我們要知道，一切法皆是佛法，無分東西南北上下古今，《華嚴經》說：「一切法不生，一切法不滅，若能如是解，諸佛常現前。」諸法平等，清淨本然，不生不滅，不增不減，不容修證，何待住持？但是無著不解此義，卻依言作解，回答道：「末法時代奉行戒律的比丘很少。」持戒修福，不出十善，得人天果報，這祇能說是有爲功用，和明心見性的眞修實證毫無交涉，可謂答非所問。

無著反問文殊：「這裡的佛法如何住持？」文殊說：「凡聖同居，龍蛇混雜。」

言外之意是諸法空相，不容修證，何待住持？但是眞空不空，空中有色，色不自色，當體卽空，色空不二，眞俗混融，故言：「凡聖同居，龍蛇混雜。」大修行家不住空有，遠離凡聖，合中道義，是故修而無修，始爲眞修，證而無證，斯爲實證。但是無著不能於言下開悟，仍然問道：「多少僧眾？」文殊說：「前三三與後三三。」

談到這裡，我們要知道本體自性爲萬法之源、萬象之本，大而無外，小而無內，一爲無量，無量爲一，時空不能易，數量不能拘，淸涼聖眾已在五行氣術之外，何有名相、數量可言？準此而言，「前三三與後三三」無非方便言說，了無實義。無著依言作解，執著名數，愚不可及。所以文殊祇好叫均提童子送他出門，剛剛走出寺院，無著又問童子說：「『前三三與後三三』究竟作何解釋呀？」童子不答，大聲呼喚：「大德！」以便打斷他的思路，使之直起覺觀，自見本性。無著應諾，童子追問道：「是多少？」無著目瞪口呆，不能答話，亦未開悟。呼名、棒喝、揮拳、豎指都是禪家接引後學慣用的伎倆，均提童子老婆心切，用呼名的辦法來喚醒無著的覺性，使之言外知歸，卻未收功。無著不但辜負了文殊，亦且愧對均提童子。這就是「旣入寶山，空手而還」，能不令人感嘆？所以明招獨眼龍禪師作頌說：「廓周法界勝伽藍，滿目文殊是對談。言下不知開佛眼，回頭祇見翠山巖。」

文殊師利菩薩為七佛之師早已返妄歸眞，證得法身，覺與佛齊。法身無相無不相，大而無外，周遍法界，貫穿古今，宇宙萬物，根身世界無出其外者，正如皓月當空，光涵萬有，千江萬水，影現重重，「灩灩隨波千萬里，何處春江無月明。」準此而言，文殊在荒山曠野裡點化的伽藍和大而無外的法身相較當然微不足道了，故言：「廓周法界勝伽藍。」

無著如在文殊言下契悟，智眼自開，滿目青山，何處不是文殊，何止對面交談而已。但是無著在世俗寒暄中，執言著相，不能迴光返照，自見本心，所以覿面不見文殊，既入寶山空手而還。回頭一看，空無一物，祇有層峯叠嶂、凝煙滴翠而已，故言：「言下不知開佛眼，回頭祇見翠山巖。」

後來雪竇重顯禪師借題發揮也作頌說：

千峯盤屈色如藍，誰謂文殊是對談。
堪笑清涼多少衆，前三三與後三三。

你明白「前三三和後三三」嗎？這不過是現象世界的名數，和本體世界的菩薩聖眾毫無交涉。文殊和清涼山的聖眾早已跳出三界外，不在五行中，和俗世的名言數字互不相侔。溈山說：「乘言者喪，滯句者亡。」無著如能擺脫名句數字的葛藤，向上追尋，自然能夠得到一個入處。這就是從現象悟證本體，也就是見色明心，聞聲見性，從而達到心物無礙的直覺世界。禪家初登聖境，心與境冥，物我不分，天地異色，見山不是山，見水不是水，是以千峯萬嶺，盤空穿雲，矯若遊龍，滙歸自性，化爲無上知覺，滿目青山，不知何者爲我，何者爲物，故言：「千峯盤屈色如藍」。此時此際，心物交徹，自他無隔，凡情聖境，打成一片，何處不是文殊，何止對談而已，故言：「誰謂文殊是對談」。韶國師說：「通玄峯頂，不是人間。心外無法，滿目青山。」也可以說爲雪竇的頌古下一注腳。

「堪笑清涼多少眾，前三三與後三三。」清涼山俗稱爲五台山，爲佛教四大聖地之一。《華嚴經．諸菩薩住處品》說：

東北方有處名清涼山，從昔以來諸菩薩眾於中住止。現在菩薩名文殊師利與其眷屬諸菩薩衆一萬人俱，常在其中而演說法。

如前所述，文殊師利菩薩早已躋身佛位，爲度生故，示現菩薩身，化身千億，遍及法界，貫穿古今，無所不在，無所不包，不爲時空所限，不爲數量所拘。無著問及清涼聖眾，文殊答曰：「前三三與後三三。」實爲方便言說，了無實義。文殊舉出世諦中的名數來解答聖諦中的問題，無非使無著起疑，迴光返照，脫落名相數字的迷執，悟證菩提，所以雪竇重顯說：「用俗諦中的名數，如前三三與後三三來描述聖諦中的僧眾，無異以圓鑿入方枘，愚不可及，能不令人捧腹大笑嗎？」

無著雖然錯過了這個入道的機會，卻知「亡羊補牢，未足爲遲」的道理。他後來在五台山作典座，管理僧眾的饍食，文殊還是放他不過，常在飯鍋上顯現聖像來考驗他的功行見地。但是無著學乖了，他不再隨聲逐色，心外求法，他舉起飯匙趕打文殊的聖跡，因爲他深明《金剛經》的奧義：「若以色見我，以聲求我，是人行邪道，不能見如來。」但是「賊過張弓」，未免太遲了。

虛堂雨滴聲

虛堂雨滴聲　作者難酬對。
若謂曾入流，依前還不會。
會不會，南山北山轉滂霈。

——雪竇重顯禪師

簷外連宵雨，聲聲盡屬伊（聲不離心，聞聲證性）；
分明重指注，何事更狐疑?!

——恕中無慍

佛法兩字道甚易，祇恐無人著意聽。

留取耳根聞夜雨，莫教和我不惺惺。

——日本竺仙和尚

舉鏡清問僧：「門外是什麼聲？」僧云：「雨滴聲。」清云：「眾生顛倒，迷己逐物！」僧云：「和尚作麼生？」清云：「洎不迷己。」僧云：「洎不迷己，意旨如何？」清云：「出身猶可易，脱體道應難。」

雪竇重顯禪師頌曰：

虛堂雨滴聲，作者難酬對，
若謂曾入流，依前還不會。
會不會，南山北山轉滂霈。

——《碧巖錄·四十六案》

案語：

佛果圜悟禪師開示說：「一個大宗師對機施教，一言半語，或一棒一喝，使學人去粘解縛，超凡越聖，得大自在。」這種作風，禪家稱爲「冰稜上行，劍刃上走，聲色堆裡坐，聲色頭上行」，也就是見色不迷，聞聲不惑，隨緣放曠，縱橫妙用，無往而不自在。舉例而言，鏡清道怤禪師問一僧曰：「門外是什麼聲？」僧曰：「雨滴聲。」鏡清應機施教，借題發揮道：「眾生顛倒妄想，迷失本性，以心逐物，見色而迷，聞聲而惑，是以雨聲淅瀝不停。」那僧問：「那麼和尚的意思又是怎麼樣呢？」鏡清道：「等到不迷失自己的時候。」那僧說：「等到不迷失自己的時候，這句話作何解釋呢？」鏡清說：「出身猶可易，脫體道應難。」關於這句話的含意，圜悟勤在他的評唱裡並沒有解釋清楚。他祇說：「鏡清祇這一句便與這僧明腳根大事。」所謂「腳根大事」就是大徹大悟的境界，祇可意會，不能言傳，有的人說：「透脫身心，證入人空，比較容易，心法兩空，空亦不立，與道合一就更難了。」類似的說法都是循言摘句，依文作解，脫不出文字障，實不足取。雪竇重顯繞路說禪卻爲這個公案透露出一點消息：「虛堂雨滴聲，作者難酬對。」

你若以「雨滴聲」作解，便是心逐聲塵，迷失本性，如果不這樣說，又如何下語呢？在這種情形之下，卽使是獨具隻眼的大宗師也很難酬答應對呀！

「若謂曾入流，依前還不會。」雪竇重顯是一個大作家，通宗、通教，他引述觀世音菩薩反聞自性、入流亡所、耳根圓通法門爲這一公案下一注腳。《首楞嚴經・卷十五》說：

初於聞中，入流亡所。所入既寂，動靜二相，了然不生。如是漸進，聞所聞盡。盡聞不己，覺所覺空。空覺極圓，空所空滅。生滅滅己，寂滅現前。

這是「一根深入，六用不起」的觀心大法。下手工夫是澄心滌慮，見色聞聲不爲所動，也就是「對境無心」然後逆聲色之流，於內覺照能聞之性與所聞之境，何所從來，何所從去，功用精純，根塵不偶，動靜不生，能所雙亡，性相統一。茲將一根深入，逆流照性的理論根據，簡述如次：

諸法緣生，緣生性空，耳根聲塵，因緣和合，皆無實性，是以能聞之性，和所聞之境（聲塵），兩俱不立，何有聲響，何有動靜，故言：「動靜二相，了然不生。」

根塵既脫，追溯聞性（能聞之性），無所從來，無所從去，幻有實無，何異夢影空花。溯本追源，覺知之性，亦屬空寂，何有能覺？何有所覺？本無一物，何用空爲？是以能空所空，亦成戲論。究竟空中，能所雙泯，無生無滅，眞常現前，覺性顯發，量等虛空，無所不在，無所不包。

講得更清楚一點，「根塵不偶，能所雙亡」，就是能聞之性和所聞之聲都不存在了。那麼我們說「雨滴聲」是雨滴聲也不對，我們說「不是雨滴聲」也不對。若說「入流亡所」也不對，因爲能所雙泯，無流可入，無所可亡呀！

「會不會，南山北山轉滂霈。」大修行家初證人空，便能以心轉物，一霎時宇宙萬相化爲無上知覺，天地異色，耳目一新，見山不是山，見水不是水。如果百尺竿頭再進一步，便悟徹本源，我法兩空，空覺亦泯，當然談不到「會不會」的問題。此時此際，心物統一，性相不二，卽心卽境，所以南山北山大雨滂沱，因爲覺性圓滿，心境亦隨之擴展遍及南山北山，澈悟禪師說：「有心就有境，有境就有心，曾有無境心，卻無無心境。」亦卽此意。

類似的公案尙不止此。

杭州靈隱清聳禪師參法眼。眼指雨謂師曰：「滴滴落在上座眼裡。」師初不喻旨，後閱華嚴感悟，承眼印可。上堂曰：「十方諸佛，常在汝前，還見嗎？若言見，將心見？將眼見？所以道，一切法不生，一切法不滅，若能如是解，諸佛常現前。」又曰：「見色便見心，且喚甚麼作心？山河大地，萬象森羅，青、赤、黃、白、男女等相，是心不是心？若是，為什麼卻成物象去？若不是心，又道見色便見心，還會麼？」

——《指月錄．卷廿三》

案語：

法眼說：「雨點一滴滴落在上座眼睛裡。」所謂眼睛就是心眼。萬法心生，心外無法，法外無心，宇宙萬象包括小雨點在內，未出心源，何得視爲異物？眾生與佛同一本源，一在迷中，一在覺中，迷本無因，覺亦無得。從佛的本位來看，一切眾生，因一念不覺，進入人生迷夢，夢中世界，森羅萬象，應有盡有，夢心、夢身、夢境、動植庶品、山河大地等無一不在夢境中收。但是夢境也就是心境的翻版，夢中的小雨點又何嘗在心境之外，故興教小壽禪師說：「山河及大地，齊露法王身。」明眼人見物知心，聞聲證性，雨點雖小又何嘗不是入道之機呀！

總結這些公案，我們不妨引述景岑招賢的頌古，以資玩味：

最甚深，最甚深，法界人身便是心。
迷者迷心為衆色，悟時剎境是真心。
身界二塵無實相，分明達此是知音。

——《指月錄・卷十一》

榔榤橫擔不顧人

身如雲兮貌如祖，及至身中無伴侶。
榔榤橫擔不顧人，直入千峯萬峯去。

——嚴陽尊者

枯抱殘經歲月遷，飽餐野菜任前緣。
謾言昔學屠龍技，且喜今參伏虎禪。
剪盡松雲放明月，引來石髓注青天。
相逢若問山中事，拄杖如龍未許傳。

——永覺元賢

蓮花峯祥菴主示寂日拈拄杖示衆曰：「古人到這裡為甚麼不肯住？」衆無對。師乃曰：「為他路途不得力。」復曰：「畢竟如何？」以杖橫肩曰：「榔樌橫擔不顧人，直入千峯萬峯去。」言畢而逝。

——《指月錄・卷廿二》

案語：

蓮花峯祥菴主為宋代名僧，他是奉先深禪師的法嗣，他開悟以後，在天台山的一個峯頂，鑿石開洞，結茅為屋，住山潛修，保任悟境，與世隔絕。餓的時候，他在折脚的鐵鍋裡煮食菜根松果；渴的時候，他汲飲山澗的流泉。他這樣日復一日、年復一年地過著草衣木食的生活，不問世事，怡然自得。二十餘年從不下山，遇到有根器的人上山來訪，他便應機施教，開示一兩句機鋒轉語。如果對方有所領悟，他便乘機傳佛心印，以報佛恩，否則用世俗的寒暄搪塞過去。這是禪家一貫的作風：「會則塗中授與，不會則世諦流布。」

一個大徹大悟的禪師就功行見地而言已經超凡越聖，了生脫死，跳出三界外，不在五行中，所以生死流轉對他來說祇是生命的現象，並非生命的本身。一旦世緣已了，他會自動地脫離人世，不必經過生老病死的過程。這就叫作「去住自由」或「生死遊戲」。有的「預知時至」，有的「坐脫立亡」，完全取決於時節因緣。蓮花峯祥菴主知道他的世緣已了，行將順世；他舉起拄杖向徒眾開示道：「古往今來的禪師們有了自性的拄杖（卽見性以後），爲甚麼不肯住？」過了許久，沒有人答話，他又自言自語地說：「因爲在參修的過程中，功夫還沒有到家，不能運轉自如……那麼究竟如何呢？」他把拄杖向肩上一橫說道：「楖標橫擔不顧人，直入千峯萬峯去。」他講完了話，便氣絕身死。

「橫擔拄杖不顧人，直入千峯萬峯去。」這是何等的逍遙，何等的自在呀！描述這種身心狀態，嚴陽尊者作偈說：

身如雲兮貌如祖，及至身中無伴侶。
楖標橫擔不顧人，直入千峯萬峯去。

講得更淺顯一點，這個偈頌的大意不外左列數點：

㈠身形輕靈颯爽像行雲流水。

㈡相貌古拙奇特像一葦渡江的達摩初祖。

㈢氣度高曠，卓爾不群，像孤鶴沖霄，遠離塵垢。

㈣肩擔拄杖，千峯萬嶺獨來獨往，「前不見古人，後不見來者」。

這種手把乾坤、肩擔日月、縱橫千古的磅礴大氣祇有智通禪師臨終偈語，可以比況於萬一：

舉手攀南斗，回身依北辰。
出頭天外看，誰是我般人！

「那麼古往今來的大修行家們拿到自性的拄杖爲什麼不肯住呢？他們在參修的途程中又有什麼不得力的問題呢？」爲了解答這些問題，雪竇重顯禪師作頌說：

眼裡塵沙耳裡土，千峯萬峯不肯住。
落花流水太茫茫，剔起眉毛何處去！

講得更清楚一點，那就是說眼裡著沙不得，耳裡著土不得。抱著自性的拄杖死不肯放，便成法執佛見，障蔽菩提，不得解脫，當然在修爲的途中到處碰壁呀！所謂「金屑雖貴，落眼成翳」，故古德說：「莫守寒巖碧草青，坐卻白雲宗不妙。」明心見性是禪家入道的必經過程，石室善道禪師常舉拄杖示眾說：「過去諸佛也恁麼，現在諸佛也恁麼，未來諸佛也恁麼（經過明心見性的過程）。」雪峯義存一日上堂舉拄杖示眾曰：「這個祇爲中下根（而設的）。」有僧問：「忽遇上上根來時如何？」峯拈拄杖便去，因爲對上上根而言，「無法可說，是爲說法」，那麼拄杖子不是英雄無用武之地了嗎？

大修行家證性返眞，凡聖情盡，萬法皆空，放捨一切，上不見有諸佛可求，下不見有眾生可度，外不見有山河大地，內不見有見、聞、覺、知，這正是內脫身心，外遷世界，赤赤裸裸，一絲不掛，行無所行，住無所住，在參修途中，運轉自如，無往而不自在。

我們可以想像得到，在無人無我無世界的大自在境界裡，一個人橫擔拄杖邁然獨往，歷盡千山萬嶺，旁若無人，了無牽掛，何等瀟灑，何等自在，正如水流花謝，一片天機，自然流露，在這時你不妨剔起眉毛，睜大眼睛，看看自性的拄杖，何所從來，何所從去，能不令人茫茫然！

雲門文偃禪師示眾說：「拄杖子化爲龍吞卻乾坤了也，山河大地何處得來？」（《指月錄．卷廿》）那就是說自性妙體，涵蓋乾坤，無所不在，無所不包，根身世界何出其外，是以見性之人，不住空有，遠離中道，自然會天地爲己有，融萬古於一心，何有凡情？何有聖境？何有古今？張拙秀才說：「斷除煩惱重添病，執著眞如亦是邪。」拄杖子人人本俱，不從外得，學人如能心無所住，超凡越聖，一性圓明，拄杖子，自會運轉自如，夭矯如龍，縱橫得妙，無所不能。談到拄杖的妙用，無門慧開和尚作頌說：

扶過斷橋水，伴歸無月村。

若喚作拄杖，入地獄如箭。

那就是說，代表自性的拄杖，無所不在，無所不能。它可以扶你走過斷了橋梁的河流；它可以陪你到月黑風高、漆黑一團的村落，它就是你的本源眞性。如果你自生分別，叫它作拄杖，便是頭上安頭，我法對立，乖離自性妙體，結果犯了謗法的重罪，怎會不入地獄呢?!

總結這個有關拄杖的公案，筆者引述永覺元賢禪師的頌詞以供讀者參詳：

枯抱殘經歲月遷，飽餐野菜任前緣。
謾言昔學屠龍技，且喜今參伏虎禪。
剪盡松雲放明月，引來石髓注青天。
相逢若問山中事，拄杖如龍未許傳。

這個偈頌就其重點傳繹如左，以供讀者參究：

苦讀經卷，頁捲書殘，深覺年華逝水，時過境遷。饑餐野菜，但求一飽，何必知味。前緣往事何足關懷，任其隨風消逝。

當年的雄心壯志，更不値一談，我曾爲了開創經天緯地的大業，學會了屠龍之技，而今壯志未酬，歸隱家山，苦參伏虎之禪。

閒來無事，我裁剪綠雲似的枝葉，使松間冷月寒輝四射，沁人心脾。我在山頂鑿石開池引入石髓清泉，使天光雲影隨波蕩映，恍如水中之天。

山中過客求禪問道，我莞爾而笑，默不作答，因爲自性的拄杖夭矯如龍，變化萬千，若隱若現，不可名狀，無法言傳。

三界無法何處求心

白雲不到中峯頂，滿目煙蘿景象殊。
一句曲寒千古調，萬重青碧月來初。
——投子丹霞

溪聲便是廣長舌❶，山色無非清淨身❷。

❶廣長舌，指諸佛開口搖舌暢演法音，接物利生。《阿彌陀經》云：「舍利弗！如我今者，讚歎阿彌陀佛不可思議功德，東方亦有阿閦鞞佛、須彌相佛、大須彌佛、須彌光佛、妙音佛，如是等恒河沙數諸佛，各於其國，出廣長舌相，遍覆三千大千世界，說誠實言：『汝等眾生！當信是稱讚不可思議功德，一切諸佛所護念經。』」

❷清淨身，諸佛有法、報、化三身，清淨身卽指法身而言。法身無相無不相，遍一切處，是以山河大地、動植庶品皆爲諸佛法身之表徵，溪聲山色又何嘗不是諸佛的代言人呢？

夜來八萬四千偈，他日如何舉似人。

——蘇軾

三界無法，何處求心？白雲為蓋，流泉作琴。
一曲兩曲無人會，雨過夜塘秋水深。

——雪竇重顯

舉盤山❸垂語云：「三界無法，何處求心？」

——《碧巖錄・卷六十九》

❸ 盤山寶積禪師，北幽州人，爲唐代名僧。他是馬祖道一門下入室弟子之一。寶積和尚行將圓寂時，當眾宣示：「有沒有人能夠描繪出我的肖像哪？」眾弟子爭先恐後地把畫好的肖像呈給他看，但是沒有一個稱他的意。普化禪師是他的衣鉢傳人。他從人群中走了出來，當眾說道：「我能描繪出和尚的肖像。」他說完話，立刻在寶積面前翻了一個斛斗，然後站起來說：「肖像已經畫好了。」寶積喜出望外，讚許他說：「你這傢伙以後必然以驚世駭俗的手法來接引後進。」

禪家祕傳心法，不立文字，多用肢體動作，繞路說禪。普化頭下腳上翻一個斛斗，表示在參修方面已經有了長足的進步。他不但破了初關高登聖位，並且百尺竿頭更進一步，出空入有，回機起用，涉世度生，圓滿菩提。破了初關是超凡入聖，回機起用是出聖入凡。在修為方面，這是一個三百六十度的大轉彎，祇能用頭下腳上的斛斗表示出來，因

案語：

黃蘗禪師《傳心法要》說：「佛說一切法，度我一切心，我無一切心，何用一切法？……但契本心，不用求法，心卽法也！」又說：「世人聞道諸佛皆傳心法，將謂心上別有一法，可證可取，遂將心覓法，不知心卽是法，法卽是心，不可將心更求於心，歷千萬劫，終無得日，不如當下無心，便是本法。」由此可知，心外無法，法外無心，將心覓心，如騎驢覓驢，自成顛倒。

佛果圜悟禪師開示說：「一個大宗師下一機鋒轉語接引後學，如電光石火一閃而過。」故言：「掣電之機，不容佇思。」如果在意根下卜度、知解上打轉，是「鬼家作活計」，當然「髑髏前見鬼無數」，那裡還有入道的分兒。古人道：「聞稱聲外句，莫向意中求。」是以盤山的垂語要離心意參。那就是說，體取言外之意、弦外之音，往自己心靈的深處去參究，徹骨徹髓的悟透，才有轉身的分兒。五祖法演說：

為一落言端，便成剩法。黃蘗禪師說：「見與師齊，減師半德，見過於師，方堪傳授。」普化的功行見地，縱然沒有超過乃師，起碼也在伯仲之間，半斤對八兩，這不就等於乃師的寫照（肖像）嗎？無怪寶積大加稱賞。

「透過那邊，方有自由分兒。」所謂「那邊」，就是脫落情識的解脫境界，離言絕相，不落空有。

「三界無法，何處求心？」若以情識妄解，執持不放，便墮入「無佛無法」的陰山鬼窟裡，永不翻身。禪宗三祖說：「執之失度，必入邪路，放之自然，體無去住。」也是指此而言。另外一個公案，也是以法執佛見爲出發點：

顯宗令中使持紙一張，書心佛二字，問大慶壽玄悟王禪師曰：「此是甚麼字？」師應聲答曰：「不是心不是佛！」次日又令中使賜玄悟長短句曰：

但能了淨，萬法因緣何足問？
日日無為，十二時中更勿疑。
常須自在，識取從來無罣礙。
佛佛心心，心若依佛亦是塵！

玄悟答謝曰：

無作無為，認著無為還是縛。
照用同時，電卷星流已大遲。
非心非佛，喚作非心猶是物。
人境俱空，萬象森羅一境中。

——《空谷集·卷下》

「萬象森羅一境中」代表色空不二、性相一如的華嚴境界，這邊那畔打成一片，心即是佛，佛就是心，心生萬法，法不異心，心佛法三，何有區分？雪竇重顯見處明白，他從一眞法界的立腳點作頌說：

三界無法，何處求心？白雲為蓋，流泉作琴。
一曲兩曲無人會，雨過夜塘秋水深。

無怪佛果圜悟禪師在評唱中說，雪竇這篇頌詞是華嚴境界的寫照。華嚴境界以一心貫穿萬法，故名一眞法界。世出世間一切諸法，無分染淨，有漏無漏，全是性起，性外無法，法外無性，諸佛與眾生交徹，淨土與穢土融通。古語云：「春色無高下，花枝有短長。」繁花似錦，萬紫千紅，香光似海，春色無邊，渾然一體。這就是無所不在、無所不包的毗盧遮那❹佛身。簡言之，三界九地，四聖六凡，宇宙萬有，塵塵刹刹，統歸華藏性海，一切從此法界流，一切還歸此法界。何有三界？何有萬法？何處求心？一眞一切眞。證入一眞法界的宗師們以天地爲心，以萬物爲體，以萬法爲用。是以鳥啼魚躍，水流花謝，風起雲行，山奔海立，都是毗盧遮那的大機大用。林泉老人說：「巖樹庭柯各挺無邊之妙相，猿啼鳥噪皆談不二之圓音。」頭頭不昧，物物全彰，何物不是菩提？何處而非道場？雪竇以華藏性海爲著眼點，接著頌出：「白雲爲蓋，流泉作琴。」這是以有相事說無相法，和蘇軾的偈頌互相輝映，傳爲禪林佳話。頌曰：

❹ 毗盧遮那，卽法身佛，無相無不相，遍一切處，如日當空，光明遍照，無遠弗遏。《大日經疏》云：「所謂毗盧遮那者，日也。如世間之日，能除一切暗冥，而生長一切萬物，成一切眾生事業。今法身如來亦復如是，故以爲喻也。」毗盧遮那佛身，光明普照十方三世，無法不顯，無理不彰，量等虛空，無所不在。

溪聲便是廣長舌，山色無非清淨身。
夜來八萬四千偈，他日如何舉似人。

《彌陀經》說：「水鳥林樹皆念佛念法。」同理，宇宙萬物塵塵刹刹也在敷演法音，透露宇宙永恒的奧祕，何止八萬四千偈而已？但是無言勝有言，坡公何必多此一舉，向他人揭示無情說法的玄機妙諦呢？不過聰明的雪竇卻借用「流泉」作廣長舌來敷演法音，所以說「一曲兩曲無人會」。九峯虔禪師說：「流泉是命，湛寂是身。千波競起是文殊境界，晴空萬里是普賢境界。」所以「流泉作琴」彈出氣韻高絕的「一曲兩曲」，無人能夠領會，正如投子丹霞的頌詞說：

白雲不到中峯頂，滿目煙蘿景象殊。
一句曲寒千古調，萬重青碧月來初。

華嚴境界，通徹世出世間，大而無外，小而無內，重重無盡，氣象萬千，美不勝收。就世間而言，千山競秀，萬壑爭流，白雲爲蓋，煙蘿爲環，景象萬殊，但是萬殊不離一本。一輪心月，圓明覺照，洞徹大千，無物不顯，無法不彰，統攝萬相，空即是色，色即是空，萬別千差，統歸性海，此即「一性圓明，萬法無咎」的意蘊所在。這種境界非眞參實證，切身體驗不能窺其梗概，此正所謂：「萬古碧潭空界月，再三撈摝始得知。」

一眞法界❺，性海無風，金波自湧，譜出氣韻高絕的無弦之曲和天外之音。這種千古絕唱祇有在情識脫落的淨覺中才能領略得到，擬心即差，動念即乖，正如「雨過夜塘秋水深」，必須急著眼看，否則如電光石火一閃而過，無法追尋了。

❺ 一眞法界，《三藏法數・卷四》云：「無二曰一，不妄曰眞，交徹融攝故曰法界，即是諸佛平等法身，從本一來，不生不滅，非空非有，離名離相，無外無內，惟一眞實，不可思議，是名一眞法界，與華嚴境界、華藏性海，同體異名。」

雪泥鴻爪

人生到處知何似？應似飛鴻踏雪泥。
泥上偶然留指爪，鴻飛那復計東西。
老僧已死成新塔，壞壁無由見舊題。
往日崎嶇還記否？路長人困蹇驢嘶。

——蘇東坡

昨夜荒村宿，今朝上苑遊。
本來無位次，何處覓踪由？

——百丈端

雁過長空，影沈寒水。
雁無遺跡之意，水無留影之心。
若能如是，方解向異類中行。

——天衣義懷

曹山大寂禪師示衆云：「凡情聖見是金鎖玄路，直須回互。夫取正命食者須具三種墮：一者披毛戴角，二者不斷聲色，三者不受食。」稠布衲問：「披毛帶角是甚麼墮？」師曰：「是類墮。」問：「不斷聲色是甚麼墮？」師曰：「是隨墮。」問：「不受食是甚麼墮？」師曰：「尊貴墮。」

——《指月錄‧卷八》

案語：
曹山的「三墮」代表他的功行見地，所謂「三墮」就是我法兩空的解脫境界。孔子說：「隨心所欲而不踰矩。」也可以說為「曹山三墮」下一注腳。《金剛經》說：「應無所住而生其心。」大修行家參修得力，脫落情識，證入人空，高居聖境，然後，百尺竿頭再進一步，超凡越聖，不住空有，遠離中道，故得心自在和法自在。如果禪家初得人空，便厭凡希聖，常住不行，無異作繭自縛，陷入沈空住寂的「金鎖玄路」不得解脫。洞山良价說：「不行鳥道，莫走玄路。」也就是指此而言。

僧問趙州：「如何是玄中玄？」師（州）曰：「汝玄來多少時耶？」曰：「玄之久矣。」師曰：「闍黎若不遇老僧，幾乎玄殺！」

——《指月錄·卷十一》

百丈端稱「金鎖玄路」為「鬼門關」，故作頌說：

雲不戀青山，鏡不籠妍醜。
未透鬼門關，觸處成窠臼。

雲代表色界，青山代表空界。禪家參修得力，悟證人空，但是證空而不住空，回機起用，涉世隨俗，接物利生，故曰：「雲不戀青山。」禪家修治心性，日久功深，纖塵不染，一念不生，心如明鏡，不沾塵垢，不留影像，故事物之來，無分善惡美醜皆如鏡中觀相，漠不關心，工夫作到這個地步，當然能夠透脫情纏識鎖的鬼門關，從而達到心自在和法自在的解脫境界了。

關於「三墮」的問題，洞上古轍說：

按曹山須具三種墮，是必一念無私底，方能「類墮」，必不守尊貴，方能尊貴墮，必透過聲色的方能隨墮……

——《人天眼目・卷中》

案語：

「一念無私」係指諸行無常，諸法無我；「不守尊貴」，就是透脫凡情聖見，不住聖位；「透脫聲色」就是見色不迷，聞聲不惑。換言之，禪家悟證菩提，一性圓明，諸法自在，超凡越聖，不住空有，遠離中道，隨緣不變，不變隨緣。一旦披毛戴角，淪爲異類，亦不隨波逐流、與禽獸爲伍，故名類墮；一旦超凡入聖，得證人空，亦不高居聖位，常住不行，故名尊貴墮；一旦流浪生死，隨聲逐色，亦靈明不昧，不爲聲色所惑，故名隨墮。雲巖禪師在「寶鏡三昧」中說：「類之弗齊，混則知處。」無異爲「曹山三墮」的注腳。

甚麼是類墮？爲了解答這個問題，百丈端作頌說：

著起破襴衫，脫下娘生袴。

信步入荒草，忘卻長安路。

忠國師說：「……踏毘盧頂上行……莫認自己清淨法身。」卽證空而不住空，回機起用，涉世隨俗，接物利生，禪家稱爲「那邊事了，且來這邊行履。」這就是脫落法執佛見，不掛本來衣，「脫卻娘生袴」，然後「投荒落草」，涉世隨俗，接物利生，圓滿菩提。「長安路」亦指空界而言，出空入有，才能合光同塵，入廛垂手，嵩乳密說：「垂楊荒草岸，高臥不憂天。」——垂楊荒草是指塵境，不憂天是指空界，即在塵出塵之意。

問如何是隨墮？嵩乳密又說：「木馬遊春，步步不沾塵。」見色不迷，聞聲不惑，如石人木馬視而不見，聞而無聲，遠離塵垢。

覺範洪作頌說：

有聞皆無聞，有見元無物。
若斷聲色求，木偶當成佛。

《金剛經》說：「若見諸相無相，便見如來。」見色聞聲，迴光返照，色不自色，聲不自聲，當體即空。須知心外無法，法外無心，菩提涅槃，又何嘗在聲色之外呢？

問如何是尊貴墮？無異來說：「裂破幾重淸世界，倒騎玉象趁麒麟。」禪家悟證人空，超凡入聖，然後回機起用，涉世隨俗，正如帝王卿相紆尊降貴，入廛垂手，故言倒騎玉象趁麒麟。百丈端作頌說：

頭角混泥塵，分明露此身。
綠楊芳草岸，何處不稱尊。

披毛戴角，不昧本眞，隨類自在，在塵出塵。

猿啼霜夜月，花笑沁園春。
浩浩紅塵裡，頭頭是故人。

見色明心，聞聲證性，色卽是空，空卽是色，何處不得解脫？何物不是菩提？問如何是不受食或正命食？《萬法歸心錄》說：「理尚不取，何況餘事。」《金剛經》說：「法尚應捨，何況非法？」

位師云：「教中有二種食，謂邪命正命。曹山所立，當非邪命也，意謂受一切法為邪命（受卽執著之意，一切有爲法皆來自妄想執著），不受一切法是為正命，如曰異類、曰聲色、曰尊貴皆是一切法也。處乎異類不與異類群伍，處乎聲色不為聲色染汚，處乎尊貴，而不以尊貴自矜，此於一切法不受，乃正命食之正旨也。」

——《人天眼目》

溈山靈佑上堂：「老僧百年後向山下作一頭水牯牛，左脇上書五字：溈山僧某甲。當恁麼時，喚作溈山僧又是水牯牛，喚作水牯牛又是溈山僧。畢竟喚作甚麼旣得？」仰山出，禮拜而退。芭蕉徹作頌說：

不是溈山不是牛，一身兩號實難酬。
離卻兩頭應須道，如何道得出常流。

——《指月錄・卷十二》

大修行家開悟以後，回機起用，涉世隨緣，接引初機，一言、一行，都是大機大用。溈山提出水牯牛的問題來勘驗徒眾的智眼見地。《首楞嚴經》說：「因地不眞，果遭迂曲。」智眼未開，認理不眞，信道不明，修法無益，所以溈山說：「祇貴子眼正，不說子行履。」那麼溈山僧和水牯牛究竟有何區分？既是溈山僧又是水牯牛，一身兩號叫人百思莫解！所以芭蕉徹說：「一身兩號實難酬（酬答之意）。」但是從佛家「一心萬法」的角度來說，溈山僧和水牯牛並不代表溈山的眞身，祇能說溈山的眞身在生命流轉的過程中（應物現形）而產生不同的形象和名號而已。假如溈山的眞身是一輪明月，溈山僧和水牯牛祇是明月在千江萬流裡顯現的光影，那就是說：「月印千江，隨波現影，重重無盡。」豈止一身兩號而已。如果你指影爲月，豈非以假作眞，自成顛倒，所以芭蕉徹叫你離卻兩號，來指證溈山的眞身何在？能夠作到這一點，你當然是高人一等，迥異常流了。

但是溈山的眞身是超名相，絕對待的自性妙體，不可名狀，無所言說，否則落入主客相對的現象世界，所以仰山聽到溈山提出水牯牛的問題，走出僧房，向溈山敬禮，然後一語不發，轉身而出。仰山禮拜表示感謝溈山以水牯牛的問題垂示法要，但

白雲千載空悠悠

昔人已乘黃鶴去，此地空餘黃鶴樓。
黃鶴一去不復返，白雲千載空悠悠。
晴川歷歷漢陽樹，芳草萋萋鸚鵡洲。
日暮鄉關何處是？煙波江上使人愁。

——崔顥

鳳凰臺上鳳凰遊，鳳去樓空江自流。
吳宮花草埋幽徑，晉代衣冠成古丘。
三山半落青天外，二水中兮白鷺洲。

總為浮雲能蔽日，長安不見使人愁。

——李白

案語：

〈黃鶴樓〉、〈鳳凰臺〉二詩頗有互通之處，二者皆以登高望遠，觸景傷懷為主題，那就是說，人生世相在無窮盡的時空裡，如過眼雲煙，稍縱卽逝，不可捉摸。黃鶴樓、鳳凰臺早已名存實亡，因爲黃鶴已杳，彩鳳不歸，空餘樓臺供人憑弔而已。

黃鶴樓始建於孫吳年間，依山面水，矗立高峯，俯瞰大江，水天遼濶，渾無涯埃，白雲帆影，上下輝映，風光無限，是故歷代詩人墨客，登臨此樓，逸興遄飛，多所題詠。李太白過黃鶴樓亦欲卽景題詩，及見崔顥已有題詠，驚嘆觀止，乃嘆曰：「眼前有景道不得，崔顥題詩在上頭。」乃別出蹊徑，以金陵鳳凰臺爲題，寫出上述詩篇。

黃鶴樓位於湖北武昌縣漢陽門內黃鶴磯上。《南齊州郡誌》云：「仙人王安乘黃鶴過此」，因而得名。《寰宇記》另有說法，謂：「費文禕登仙，常乘黃鶴憩此。」

故後世稱爲黃鶴樓。

除歷史掌故以外，黃鶴樓亦見於民俗神仙故事。《呂祖全書·上卷》云：

江夏郡辛氏賣酒於市。某日有一來客，衣甚襤褸，氣宇軒昂，入座謂辛曰：「有好酒肯與飲否？」辛以巨觥斟美釀奉之。飲畢而去，明日復來，不待索又與飲。如此半載，辛未嘗嗔。一日客謂辛曰：「多負酒債，無以為酬。」取橘皮畫黃鶴於壁，謂辛曰：「如有客來，但令拍手而歌，鶴自離壁起舞助飲，以此還汝酒值。」試之，果然。四方豪士聞而欲觀，俱揮金買醉。歷十年，辛氏巨富。一日，客來，辛謝曰：「今已富矣，願留久款（長期供酒款待）。」客曰：「吾豈圖是哉？」取笛吹數弄，須臾白雲降空，壁上畫鶴飛至膝前，客跨鶴沖天，杳然而逝。辛氏集資鳩工，從客飛昇處，建一高樓名黃鶴樓。

綜上所述，黃鶴樓不止是具有歷史價值的風景名勝，而且和民俗神仙故事打成一片，無怪歷代文人墨客多以黃鶴樓爲題詠的對象。迨至北宋仁宗嘉祐年間，臨濟十世法孫白雲守端和尚(又名圜悟勤禪師)也以黃鶴樓爲題來發抒佛家的大自在和大解脫觀：

一拳拳倒黃鶴樓，一踢踢翻鸚鵡洲。
用意氣時添意氣，不風流處亦風流。

我們不妨就上述詩篇的風格、氣韻及內涵加以分析比較以供讀者參詳：

㈠崔顥的〈黃鶴樓〉之作，大氣磅礡，貫穿時空，以景寓情，意境深遠，咀嚼無滓，久而知味，無怪宋嚴羽在《滄浪詩話》中說：「唐人七律當以崔顥〈黃鶴樓〉爲第一。」此詩就風格而言，一掃唐代七律的纖巧堆砌之弊。頭四句接連道出三個「黃鶴」，一氣呵成，如水流花謝，自然流露，令人毫無重複礙口之感。從時間著眼黃鶴樓，年湮代遠，歷經滄桑。而今鶴去樓空，仙凡永隔，但是長空的白雲依舊隨風舒卷，一成不變，正如大江東去，波掀浪湧，不捨晝夜，「逝者如斯，而未嘗往也。」就空間而言，登樓望遠，水天無際，晴空萬里，漢陽林木，籠煙滴翠，歷歷在目。橫跨江口，尾連黃鶴的鸚鵡洲，綠草平鋪，綿亙千里，秀色可餐。時光易逝，物換星移，遙望大江，一片蒼茫，對景傷情，去國懷鄉之悲，油然而生，故有「煙波江上使人愁」之句。

(二)李白〈詠鳳凰臺〉道及時節推移，物是人非，鳳去樓空，仙凡永隔，撫今追昔，能不令人有無限滄桑之感？鳳凰臺在南京中華門內西南一角。南京居民盛傳此處有鳳來儀，因而得名。《江南通誌》云：「宋元嘉十六年，有三鳥翔集山間，文彩五色，狀如孔雀，音聲和諧，眾鳥群附，時人謂之鳳凰，乃起臺於山。」故名鳳凰臺。而今，時移勢易，鳳去樓空，惟有江水日夜東流，去而不逝，亙古如斯。歲月不居，物換星移，吳宮的奇花異草早已化爲灰燼，埋藏在荒僻的小徑裡；晉代豪門望族的衣冠也隨年湮代遠的古墳化爲塵土。登臺遠眺，臨江聳峙的三山隱現於雲霧之中，彷彿失落在青天以外，染有六朝金粉的秦淮河繞過河心的白鷺洲，一分爲二，隨著槳聲燈影流向金陵城內及四郊。李白自嘆命途多舛，浪跡天涯，過著謫放的生活，遙望故國，雲山遼濶，何日始能回朝面聖呀！現今，邪奸當道，言路不通，正如浮雲蔽日，大地昏黑，何日始能重見光明？言念及此，能不令人愁腸百結嗎？

這兩首詩言情敍景，溯古追今，意蘊深遠，貫穿時空，可謂千古絕唱。

但是詩家的向上一機是「意得象先，神出語外」，不沾塵垢，脫落時空。這種空靈自在的解脫境界祇有在禪定中才能領會得到，此正所謂：「萬古碧潭空界月，再三撈摝始得知。」白雲守端詠黃鶴樓以詩寓禪，意在言外，凡情聖境，一掃而空，故言：「一拳拳倒黃鶴樓，一踢踢翻鸚鵡洲。」這樣才能達我法兩空、心物無礙的大自在、大解脫境界，故言：「用意氣時添意氣，不風流處也風流。」

《中庸》說：「天命之謂性，率性之謂道，修道之謂教。」率性而行也就是道行。孔子說：「隨心所欲而不踰矩。」也是指此而言。

附錄一

眞理無名眞禪無行

昔有跨驢人問：「衆僧何往？」僧曰：「道場去。」其人曰：「何處不是道場？」僧毆之曰：「這漢沒道理，向道場裡，跨驢不下！」

——《指月錄·卷七》

搞通了禪理是否就有入道的分兒呢？這個問題的答案當然是否定的。石頭希遷說：「執事元是迷，契理亦非悟。」執事有事障，執理爲理障，二障不除，何能入道？講得更清楚一點，學人在人生的迷夢中，遇緣觸機，靈光一閃，覺知萬法皆空，身心如幻，此種覺性，佛家稱爲幻智，如迷執幻覺爲實理，幻境爲實有，仍未出夢，何得言悟？《首楞嚴經》說：「理須頓悟，乘悟併銷，事須漸修，因次第盡。」無非言明，悟理以後，雖知諸法如幻，人生如夢，但是未出夢境，幻智幻境，皆爲夢影邊事，何得執以爲實，故言「乘悟併銷」以除理障，然後繼以事修以除事障。

理悟事修如鳥之雙翼、車之二輪，交互爲用，相輔而行。契理以後始知夢境本空，身心非有，事修得力始能以理化情，以事顯理。蓋因歷劫多生顚倒妄想，生死流轉，習以性成，積重難返，何能一悟便徹，透脫夢境呀！但是未出輪迴，理悟事修，覺、迷、醒、夢、生、死、涅槃皆成戲論，故言：「修而無修，證而無證。」

眞理無名，眞禪無行，學禪的人就是無事人，隨緣放曠，隨處解脫，行、住、坐、臥，應事接物，智照了了，不沾不礙，「終日吃飯不齩一粒米，終日行路不走一步路」，凡情不礙聖智，聖智不出凡情，「高高山頂立，深深海底行」（藥山惟嚴語）。魏府老洞華嚴嘗示衆曰：

佛法在日用處，行住坐臥處，吃茶吃飯處，所作所為處，舉心動念又不是也。

僧問：「如何得自由分？」師（百丈）曰：「如今得卽得，或對五欲八風，情無取捨，慳嫉貪愛，我所情盡，垢淨俱亡，如日月在空，不緣而照。心心如木石，念念如救頭然，夫讀經看教，語言皆宛轉歸自己。」

——《指月錄·卷七》

——《指月錄·卷八》

這就是以無住心行無住行的禪行，遠離分別妄想，五欲八風，無作無求，無縛無脫，如水流花謝，雲飛霞走，一片天機。我們且看歷代禪門宗匠如何於尋常日用中體認大道。

襄州居士龐蘊者，衡州衡陽人也……少悟塵勞，志求真諦。唐貞元初，謁石頭（石頭希遷），乃問：「不與萬法為侶者，是甚麼人？」

頭以手掩其口，豁然有省，後與丹霞為友。一日，石頭問曰：「見老僧來，日用事作麼生？」士曰：「若問日用事，卽無開口處。」乃呈偈曰：

日用事無別，惟吾自偶諧。
頭頭非取捨，處處沒乖張。
朱紫誰為號？邱山絕點埃。
神通並妙用，運水及搬柴。

頭然之。……至藥山，山命十禪客相送，至門首，士乃指空中雪曰：「好雪，片片不落別處。」有全禪客曰：「落在甚處？」士遂與一掌。全曰：「也不得草草。」士曰：「恁麼稱禪客，閻羅老子未放你在？」全曰：「居士作麼生？」士又掌曰：「眼見如盲，口說如瘂。」

——《指月錄・卷九》

案語：

「不與萬法爲侶者」卽指本體自性，超凡越聖，離情絕相，不可思議，開口動念，便不是了，故石頭以手掩居士口，以免口過。石頭勘察居士在尋常日用中，如何在塵出塵，隨處解脫，以心合道，故曰：「日用事作麼生？」居士答稱：「若問日用事卽無開口處。」卽指道不遠人，離幻卽眞，以心合道，心境雙泯，緣慮俱絕，何有下語處？但是問必有答，不得不說，故用比興詩句透露其中消息。這就是繞路說禪的一例。「日用事無別，惟吾自偶諧」卽指平常心卽大道心，大道不可以有心求，不可以無心得，心隨境轉，不沾不礙，情想兩空，凡聖情盡，不求見道，而自能見道，故曰「偶諧」，但是要作到這一步工夫，學人必須在尋常日用中，以無住心行無住行，於相而離相，於念而離念，無作無求，無取無捨，隨緣任運，不違自性，故言：「頭頭非取捨，處處無乖張（乖離自性）。」「朱」之與「紫」爲識心計度的差別名相，實爲無中生有。自性妙體，本自淸淨，纖塵不立，如天外丘山，一片靑翠，不礙雲飛，故曰：「朱紫誰爲號，丘山絕點埃。」見相知性，由色證空，日常行履，一舉一動，皆爲全體大用現前，是以運水搬柴，豈非眞空變現妙有，故言：「神通並妙用，運水與搬柴。」

返妄歸眞，心物融通，心外無物，物外無心，雪花紛飛，絲絲片片，不出自性，故言：「好雪片片不落別處。」自性本空，無言說相，開口動念，卽離自性，故居士遂給全禪客一掌，不許言說，免犯口過。禪行無行，見如未見，說而無說，故言：「眼見如盲，口說如瘂。」厭凡希聖，見空見有爲凡夫行，未脫生死，不名禪客，故言：「閻羅天子未放汝在！」

劉侍御問(仰山慧寂)：「了心之旨可得聞乎？」師曰：「若要了心，無心可了，無了之心是名真了。」陸希聲相公欲謁師，先作此「〇」相，封呈。師開封，於相下作書云：「不思而知，落第二頭，思而知之，作第三首。」遂封回，公見，卽入山，師乃門迎。公才入門，便問：「三門俱開，從何門入？」師曰：「從信門入。」公至法堂，又問：「不出魔界便入佛界時如何？」師以拂子倒點三下。公便設禮，又問：「和尚還持戒否？」師曰：「不持戒。」曰：「還坐禪否？」師曰：「不坐禪。」公良久。師曰：「會麼？」曰：

「不會。」師曰：「聽老僧一頌：

滔滔不持戒，兀兀不坐禪。

釅茶三兩碗，意在鑺頭邊。」

——《指月錄·卷十三》

案語：

禪家以無住心行無住行，見相離相，念起離念，日久功深，情識雙亡，物我兩空，無心可了，卽爲眞了。陸希聲相公與仰山慧寂互較機鋒，語涉玄奧。陸作「○」圓相封呈，與拈花、吹毛，同一意趣，直示本體自性涵蓋一切，離情絕相，不容擬議，但是百千法門，河沙妙用，皆從此出，實爲密中之密，故爾封呈。仰山於「○」相下註明「不思而知」爲離念靈知，亦卽與眞空對稱的妙有作用，佛家稱爲大機大用。就眞空而言，妙有非有亦落在第二頭。「思而知」，慮而解爲識心計度，這是三有的境界，與妙有相較，更遜一籌，故爾落在第三頭。三門爲「信」、「解」、「行」。「信」爲道源功德母。《金剛經》說：「信心淸淨則生實相。」信而生解，解而起行，行解相應，超凡越聖，直徹心源。仰山以拂子倒點三下，暗示不出魔界而入佛界，除信解行外無他途可循。這是空有交融、眞俗不二的境界。相公問仰山於尋常日用中如何行履？仰山答曰：「既不持戒亦不坐禪。」修而無修，證而無證。禪家持戒以戒心爲主，戒身爲輔。定由戒生，慧由定發。如念想之流滔滔不絕，雖持戒亦爲犯戒，兀兀坐禪如枯木死灰，禁閉涅槃，雖坐禪亦非坐禪。日常行履，隨緣不變，隨處解脫，於事無心，於心無事，念來卽覺，覺之卽無，如手把钁（鋤）頭，淸除蔓草，培養靈芽慧根，待時而發，故言「意在钁頭邊」，卽隨時著意動用鋤頭，淸除心頭的蔓草荒煙。騰騰和尙的「了元歌」也可以說爲「眞禪無行」下一注脚：

修道道無可修，問法法無可問，
迷人不了色空，悟者本無逆順，
八萬四千法門，至理不離方寸，
識取自家城郭，莫謾尋他州郡，
不用廣學多聞，不要辯才聰俊，

不知月之大小，不管歲之餘閏，
煩惱即是菩提，淨華生於泥糞，
人來問我若為，不能共伊談論，
寅朝用粥充飢，齋時更餐一頓，
今日任運騰騰，明日騰騰任運，
心中了了總知，且作佯癡縛鈍。

臨安府靈隱慧遠禪師，依靈巖徽，微有省（稍有悟境）。既謁圜悟，聞舉龐居士不與萬法為侶者因緣。師忽頓悟，仆於衆，衆掖起之。師乃曰：「吾夢覺矣。」至夜小参。師出問曰：「淨裸裸空無一物，赤骨力貧無一錢，戶破家亡，乞師賑濟？」悟曰：「七珍八寶一時拏。」……內翰曾開居士，久参圜悟大慧之門，開來謁，問：「為甚麼贊即歡喜，毀即煩惱？」師曰：「侍郎曾見善知識否？」開曰：「某卅年参問，何言不見？」師曰：「向煩惱處見，向歡喜處見。」開遂擬議，師震聲便喝，開擬對，師曰：「開口的不是公？」開罔然。師召曰：「侍郎向甚處去也？」開猛省，點頭說偈曰：

咄哉瞎驢，叢林妖孽。
震地一聲，天機漏洩。
有人更問意如何？
拈起拂子劈口截。

知府葛剡，志慕禪宗，久無證入。一日舉「不是心，不是佛，不是物」，豁然有省，說偈云：

非心非佛亦非物，五鳳樓前山突兀。
豔陽影裡倒翻身，野狐跳入金毛窟。

謁師求證。師云：「居士見處，祇可入佛，未得入魔在？」葛禮拜。師曰：「何不道金毛跳入野狐窟？」葛乃頓領。

——《指月錄．卷卅》

案語：

慧遠禪師聞人舉引「不與萬法爲侶」的因緣，觸動靈機，豁然開悟，一時如醉似癡，當眾昏倒，經人扶起，乃曰：「吾夢覺矣。」如前所述，開悟是高度的精神昇華，牽涉到一百八十度的心態轉向，卽由比量的心理活動轉入現量的直覺、超覺，甚或正覺（請參閱拙著《天人之際・第十章・唯識論與心理分析》）。隨著心態轉向而來的生理反應，千差萬別，因人而異，與悟境的深淺有直接的因果關係。慧遠禪師開悟以後，當眾昏倒，可以說是非常強烈的生理反應，所以他的悟境也非比尋常，縱非徹悟，亦相去不遠。

任何一個人對禪學稍窺門徑不會不知道「不與萬法爲侶者」是甚麼人，但是一言契機，豁然開悟者又有幾人呢？問題的關鍵所在不是知解理路，而是實踐實修。如前所述，頓悟是建立在漸修的基礎上。在漸修的過程中，學人以無住心行無住行，培養直覺直感的靈芽慧根，待時而發，結爲菩提道果，所以漸修爲頓悟的根芽，頓悟爲漸修的花果。由此可知，言下頓悟，其來有自，豈是一朝一夕之功？

禪家所謂「貧」就是「空」的異名。「貧無立錐」或「一貧如洗」，意味著「情想皆空」，「空如來藏」，也就是開悟入道的先決條件。道家有所謂「心死神活」，佛家有所謂「心空性現」，也是指此而言。修禪的人證到自性空，會天地爲己有，融萬古於一心，自家珍寶，當下卽是，不從外得，故言「七珍八寶一時拏」。

永嘉玄覺大師說：「無明實性卽佛性，幻化空身卽法身。」來自無明業識的五欲八風，包括喜、怒、哀、樂、煩惱、憂傷，都是本體自性的心理現象。五祖弘忍說：「一切萬法不離自性。」五欲八風當然也在萬法中收。如自性爲水，則萬法爲波，波水一如，不一不異，本體卽現象，現象卽本體，是以除波取水，自成顚倒，徒勞無功。學人如能心無所住，循相證性，見波知水，窮本達源，則宇宙萬象，五欲八風皆爲善知識，何處不是道眼？何物不是菩提？故曰：「向煩惱處見，向歡喜處見。」

自性妙體，孤立絕緣，纖塵不立，脫落時空，不有不無，不容言說，不容擬議，故曰：「開口的不是公。」「有人更問意如何？拈起拂子劈口截。」因爲開口動念，便落階梯，乖離自性，無怪慧遠震聲便喝，迎頭揮拂了。

「五鳳樓」富麗堂皇代表色界，「山突兀」高出雲表，象徵空界。「豔陽影裡倒翻身，野狐跳入金毛窟」係指出有入空，由魔界（色界）進入佛界。「金毛跳入野狐窟」係指回機起用，出空入有，由佛界倒駕慈航進入魔界。這是眞俗不二、性相融通的圓覺境界，苟非大徹大悟，不足以言此。

澧州藥山惟儼禪師……年十七出家，納戒衡嶽，博通經論，嚴持戒律。一日歎曰：「大丈夫當離法自淨，誰能屑屑事細行於布巾耶？」……一日在石頭上坐次，石頭問曰：「汝在這裡作麼？」曰：「一物不為。」頭曰：「恁麼卽閑坐也？」曰：「若閑坐卽為也。」頭曰：「汝道不為，不為個甚麼？」曰：「千聖亦不識。」頭以偈讚曰：

從來共住不知名，任運相將只麼行。
自古上賢猶不識，造次凡流豈可明？

石頭垂語曰：「言語動用沒交涉。」師曰：「非言語動用亦沒交涉。」頭曰：「我這裡針劄不入。」師曰：「我這裡如石上栽花。」頭然之……坐次，道吾雲巖侍立。師指案山上枯榮二樹，問道吾：

「枯者是？榮者是？」吾曰：「榮者是。」師曰：「灼然一切處，光明燦爛去。」又問雲巖：「枯者是？榮者是？」巖曰：「枯者是。」師曰：「灼然一切處，放教枯澹去。」高沙彌忽至，師曰：「枯者是？榮者是？」彌曰：「枯者從他枯，榮者從他榮。」師顧雲巖道吾：「不是不是。」草堂清頌曰：

雲巖寂寂無窠臼，燦爛宗風是道吾。
深信高禪知此意，閒行閒坐任榮枯。

師久不陞座，一日，院主白云：「大眾久思和尚示誨。」曰：「打鐘著時。」時大眾才集定，便下座歸方丈。院主隨後問云：「和尚許為大眾說話，為什麼一言不措？」師曰：「經有經師，律有律師，爭怪得老僧？」

——《指月錄・卷九》

案語：

「一物不爲」卽無作無求，無取無捨，「閒坐」爲靜，靜中寓動，動中寓靜，動靜交替，仍屬有爲，故曰：「若閒坐卽爲也。」「汝道不爲，不爲個甚麼？」禪家所謂「不爲」卽法爾自然，隨順自性。但是自性本空，不落有無，離言絕相，歷代聖賢尚且睹面不識，何況常人呢？故曰：「千聖亦不識。」本體自性，體超動靜，不可思議，不可言說，擬心便差，動念卽乖，「常在動用中，動用中收不得。」故言「言語動用沒交涉」，「非言語動用亦無交涉」。換言之，自性空寂，不生不滅，「動靜二相，了然不生。」《首楞嚴經》語禪家稱自性妙體爲堅密身，無縫塔或無根樹，纖塵不立，滴水不入。「針劄不入」、「石上栽花」亦卽指此而言。

花木榮枯爲自然現象，現象不離本體，本體不異現象。見色不迷，聞聲不惑，循相證性，榮者亦是，枯者亦是。「榮」代表色界，「灼然一切處，光明燦爛去」，「枯」代表空界，「灼然一切處，放教枯澹去」，「枯者從他枯，榮者從他榮」，一切不著，隨順自性，榮枯交替，法爾自然，空卽是色，色卽是空，不一不異，何有分齊。如迷心住境，喜榮厭枯，著有執空，皆落兩邊，乖離自性，故「師顧雲巖道吾：『不是不是。』」

藥山鳴鐘聚眾說法，但是在眾僧齊集法堂，準備聽法的時候，他卻一語不發，走下講堂轉入僧房，這是無言說法的一例。這種詭異的舉動透露無上的法音——諸法如義，出世法不壞世間法。《妙法蓮華經》說：「是法住法位，世間相常住。」當院主責問他爲何欺瞞衆僧，他說：「經有經師，律有律師，各有所司，老僧何得越俎代庖，破壞世間相呢？」

總括說來，禪家的行履是無作無求，率性而行，隨順自然，不爲情牽，不受物累，這和中國道家的自然主義頗有近似。老子說：「人法地，地法天，天法道，道法自然。」莊子說：「汝游心於淡，合氣於漠，順物自然而無容私焉（應帝王）……忘其肝膽，遺其耳目，芒然彷徨乎塵垢之外（內脫身心，外遷世界），逍遙乎無事之業（達生）。」由此可知，老莊縱然不是宗門的代言人，至少也是彼此互通，同聲相應。無怪近代學人認爲老莊哲學與印度佛學接體合流才產生了教外別傳的禪宗。這是中印兩國的精神文明經過移花接木的過程合爲一體，從而開綻出來一朵文化奇葩，冠絕中外，光耀百代，它擺脫了宗教的束縛，脫去了迷信的外衣，平實簡易，人人可行，這就是行無所行的禪道。

附錄二

問道求佛

——我的菩提路

道也者，不可須臾離也，可離非道也。

——《中庸》

我感謝大家的擡愛，叫我在歡迎沈家楨居士的法會上講幾句話，我首先談談我怎樣和沈居士結了佛緣。

大約在十五年以前，我在宣化法師那裡擔任譯經工作，同時負責《萬佛城》雜誌的編印。那時沈先生按月支付譯經和雜誌的開支，因此宣化法師指派我到東部和沈先生洽商撥款的問題。年光似水，轉眼之間就是十數年了。現在我所看到的沈先生幾乎和那時一樣，丰采不減當年。去年年尾我到東部看兒子，順道到莊嚴寺拜訪沈先生。臨別以前，我還敲了沈先生一記竹槓，叫他捐出《金剛經的研究》幾十本以便分送學生，因爲我在聖荷西的寶華禪寺爲當地華僑信眾講解《金剛經》，沈先生有求必應，我也照單全收。

人的名兒，樹的影兒。遠在二十年以前，我常常聽到老友周子愼和顧世淦兩位大德提到沈居士如何發心，節衣縮食，資助臺灣和美國弘法利生的各種活動。

談到這裡我暫時擱下，回過頭來，談談我近四十年來問道求佛的切身經驗。

我從十一、二歲開始便好道習武，也許是受了神怪小說的影響和家庭環境的薰陶吧？我的父親是淸末貢生，精通老莊和丹道，尤其長於吐納導引的陰丹法。所謂陰丹法就是清心滌慮，調息吐納吸取月華。就時間而言，以上弦爲宜，約爲上半月十二、十三、十四、十五。如有陰雨、雲霧、月色朦朧或流雲遮月，皆非其時，恐有陰邪之氣入侵。吸取月華的先決條件是止念調息，以便作到心息相依，意念不起。這樣可以達到初步的精神統一，從而超越物理世界的四度空間，才能與天地的輕靈之氣相應，因爲日精月華、先天太乙眞氣係由高度空間進入人體，絕非口鼻呼吸所能企及。我依稀記得，在華燈初上、銀月流輝的時候，我的父親靜悄悄地走到院落的一角，對月凝視，調息觀想，吸取月華。他的工夫作到甚麼程度，我一無所知，但是從那個時候起，我開始研究丹道，閉門造車，不能合轍，自在意料之中，因爲在窮鄉僻壤，很難找到完整的丹經道藏。

二十一歲時，大陸淪陷，我來臺灣，在臺北定居。三十二歲時，我的仕途受挫，遭逢家變，意冷心灰，遁世之念油然而生，因而走向導引吐納的路子。在夜深人靜的時候，月上遙天，清輝如水，我一個人偷偷地走到師範大學的操場，然後在籃球架下席地而坐，面對天心明月，凝神調息。隨著時間的流逝，我的心念氣息漸趨輕微綿密，似與波動的月光載浮載沈，一霎時身心虛脫，有如浮光淡影，消溶在月光的銀海之中。

第二天晨起，漫步街頭，身心輕鬆，意態悠閒，環顧街頭，車輛行人，如雲如影，漠不關心，幾乎接近對境無心的地步。我這樣的潛修，總有四個多月，慾念不起，心境清明，步履矯健，自覺入道，高人一等，不禁竊喜。家人親友雖然覺察到我的行蹤詭異，亦不疑有他。

但是，好景不常，有一天在深夜裡望月歸來，一陣寒風透體而過，機伶伶地打了幾個冷戰，恍覺一股光波似的東西由頂門注入，直下後背，然後返轉而上，停在前胸，好像一把熾熱的利刀插在胸口，使我心神慌亂，定境全失。從此以後，我心如油煎，坐臥難安。像熱鍋螞蟻一樣，我兩手捧胸，走來走去，足不出戶，避見生人。到了夜晚情況更壞，頭一沾枕，胸口悶熱，通宵達旦，不能成眠。晨起睜眼，昏天黑地，天花板上，全是黑點。語云：「得病亂投醫。」我開始看心理醫生，吃安眠藥，服鎮定劑。長期失眠，頭髮脫落，目力耗損，我又看眼科醫生。吃中藥、打金針、練八段錦，三管齊下，結果毫無成效。

後來，我的朋友湯之屏教授陪我到臺北市華嚴蓮社訪問南亭老法師，希望得到佛菩薩的庇佑，消災解難。也許是我的學佛機緣到了，在那裡，我恰好碰到慧炬社的周子愼和劉中一兩位佛門大德。他們借用華嚴蓮社的場地，爲一群大專學生開示佛法大意，並且分贈基本佛書。我們適逢其會，也坐下來恭聆法音，然後領取佛書，包括《金剛經》、《普門品》、《心經》、《大悲咒》等。回家以後，我先念《心經》和《大悲咒》，然後看《金剛經》，覺得非常吃力，對照注解，也似懂非懂。也許《心經》和我有緣，我閱讀以後，高聲朗誦，津津有味，不忍釋手。從此以後，念經持咒成了我的日常功課，我靠了經咒修養心性，對治失眠，幾個月下去，心頭鬱結逐漸鬆散，熾熱之感（西醫稱爲焦慮症）亦隨之消失。這時候，我才知道佛法微妙難思，因而深信不移。一入佛門深似海，三藏十二部，窮畢生之力也沒有辦法讀通。相形之下，老莊、道藏、瑜珈，不過是螢火之光，何能與日月爭輝？在我由慧炬出版社印行的近著《一元多重心物觀》中，我分章講述如何援儒入道，兼習瑜珈，然後出道入佛，禪淨並修。

時至今日，我在學佛的歷程中所面臨的最大困難是如何使佛法滲入身心，反映在尋常日用中。這樣才是禪家所謂「行解相應」。講得更清楚一點，佛法好比是一個鐵饅頭，學佛的人像覓食的螞蟻一樣，在鐵饅頭上鑽來鑽去，無孔可入。不管學禪修淨，持明誦經，總是時進時退，若卽若離，不能鞭辟入裡，和身心打成一片。一般人修學佛法，稍有進境，便沾沾自喜，以爲循序而進，終有所成。但是事實證明，修行之道，一波三折，險難重重，稍有執著，魔難叢生，輕則進境退失，重則前功盡棄，尤以持咒爲甚。學人持咒，經年累月，功不唐捐，必有所成，爲人爲己，消災解難，每有奇效。如果持咒人以此自傲，生大我慢，則持咒靈效將逐漸退失，恢復不易。此外，學人在靜坐時，往往有各種不同的超感經驗，有時血氣暢通，手舞足蹈；有時身心脫落，如雲如影；有時靜極生明，心光自現。但是一切境界由心而生，亦由心滅，不可執以為實，否則道無所成，著魔有分。

在問道學佛的過程中，我走了許多冤枉路，最後我才開始學禪。我的啓蒙師是南懷瑾教授，大約在二十年以前，我和湯之屏教授一同到臺北市泰順街去訪問他。那時他和湘西修士胡秉南先生住在一起，我們彼此寒暄了幾句，南老師叫我坐在他的佛堂裡，然後他和胡修士背對背靜坐默觀，勘驗我的根性及宿慧。二十幾分鐘過去了，他倆把勘察的結果分別寫在字條上，然後彼此交換印證，結果相同，那就是：「可以入道」。此後我就開始學禪了。

初入師門，還沒有行拜師禮，南老師說：「為道不在多言。」從那天起，我稍有閑空，便到南宅小坐聊天，從天南談到地北，在座的有張起鈞教授、程滄波立委、蕭正之將軍等。在談笑間，南老師有時透露幾句機鋒轉語，然後話題又轉到別處去了。有一天，南老師說：「『學而不思則罔，思而不學則殆』，我送你幾本書，你慢慢地看去吧!」這些書包括《指月錄》、《景德傳燈錄》、《大珠和尚悟道入門》、《傳心法要》和《顯密圓通成佛心要》。回家翻開看看,《指月錄》和《傳燈錄》,文字艱澀,語意不明,很難看得懂。惟有《大珠和尚悟道入門》和《傳心法要》,比較容易了解。我從這些書裡得到了禪的概念,但是一門深入,尚非其時。後來周宣德老居士送我一部《圓覺經》,劉中一老居士送我一部《首楞嚴經》。《圓覺經》如摩尼寶珠,玲瓏剔透,空靈入妙。《首楞嚴經》文字謹嚴,內容廣泛,無異爲《大藏經》的縮影,讀起來博大精深,意蘊無窮。我讀通這兩部經典,回過頭來再看《指月錄》,比較容易懂了。由此可知,由教入宗才行得通,沒有通教就想通宗,徒勞無功。禪是一切宗教、哲學、文學、藝術的最高峯,可是我們福薄慧淺,入不進去,祇有望洋與嘆的分兒,好高鶩遠又有何用呢?

那時我不懂得怎樣參修,祇能作些修禪的鋪路工作,仿效古代禪師的行脚,我在春秋佳日或公餘之暇,遊山玩水,訪僧問道,每走一步路,就念一聲準提咒,結準提手印,日子久了,咒隨念起,醒夢難忘。在睡夢中,也不斷持咒和結準提印。換句話說,我要把佛法鞭辟入裡,打入心底,變成生命的一部分。這個野心可眞不小呀!但是說來容易，作起來難。正如《金剛經》所說：「一切有為法，如露亦如電。」持咒、打坐都是有為法，當然也是靠不住的。譬如今天打坐，境界很好，心光顯發，過了幾天又沒有了，或許換成另外一種現象。持咒也是一樣，有的人天天持，持久了，氣脈會通。持咒有成的人往往發現，接近持明三昧的時候，先有氣通，然後有脈通。當我靜坐一小時以後，一股氣流似乎由脊背上行，直至頂門，兩耳虎虎生風，像吹電風扇一樣。自己心中暗喜，我已經作到氣通，再進一步就是脈通，起碼可以進入初禪。但是希望越高，失望越大，過不多久，一切都化為烏有。

我跟南老師學禪三個月之後，有一天他說：「明天八點鐘你到我的佛堂裡來。」我問他甚麼事？他說：「來了再說。」第二天晨八時，我到了他的佛堂，他叫我在佛前跪拜，然後轉身端坐在椅子上等他指示。他說：「我問你一個問題，立時回答，不能思索，一思索就不行了。」他大聲的問道：「應無所住而生其心，作何解釋？」我不假思索地就答出來了，因為這是老生常談的問題，每一個學佛的人都熟稔深知的。他舉手向我頭上一拍，把我拍呆了。我現在說的話，一句也不假。那時我兼任《英文香港周報》的總編輯，我辭別了南老師，趕著上班。一路上心念不動，可是並不自在，一顆心像裝在鏡框裡一樣，死板板地不動，總覺得怪怪的，又不像得定，又不像不得定。說來奇怪，我和社長一見面，交談了幾句，便爭吵起了，一賭氣，我辭職不幹了。到了晚上我照常打坐，一邊坐著，一邊念《心經》，突然感覺到一股熱流從尾閭上升，直透頂門，兩耳內外，虎虎生風，像吹電風扇一樣。正在進入佳境的時候，客廳的木門無風自開，砰然作響，我吃了一驚，立時起座，一切都沒有了，相似的定境和氣通都隨風而去，了無踪影。第二天我又到南宅，當面告訴南老師這一切的經過情形。他笑著說：「我同你講啊！單憑智慧，若是功德不夠，沒有那麼容易成佛的呀！從現在開始，你要發願度生，弘揚佛法呀！」從此以後，我開始寫文章出書，然後經過慧炬社的安排到各大專院校作巡迴講演，有時遠至臺南、高雄。

佛法就是心法，學佛而不修心，徒勞無功，一無是處。《菩薩戒經》說：「制心一處，無事不辦。」我們反問自己制心的工夫究竟作到了幾成？在回答這個問題以前，我閉上眼睛，內觀自心作何形相？意念之起，如水與波，前後相續，無時或息。但是不管心猿意馬怎樣猖獗，脫不出自我中心的圈子。講得更清楚一點，我們起心動念都是以自我為出發點，是以人我之見，是非恩怨，隨之而起，煩惱憂患也接踵而至。沈居士說：「不破四相，修道無益。」所謂四相就是我相、人相、眾生相、壽者相。我相為四相之首，是一切煩惱憂患的根元。就心態而言，我相就是自我意識。一個人的自我意識過於強烈，一舉一動一言一行都以自利自衞為出發點。當一個人意識到自我的存在，一連串的心理動態接踵而來，如「自我保存」（Self-survival）、「自我防衞措施」（Self-defence Mechanism）、「自我中心」（Self-center）、「自憐自愛」（Self-pity）、「自我形象的改善」（Improvement of Self-image）等。為了滿足自衞自利、自我安全及自我改善的本能衝動，他會和外界針鋒相對，採取自私自利的侵略行為，結果別人和外界都變成了他的攻擊對象。最先，他在家裡建立起自衞自利的堡壘，和兄弟姊妹們處於敵對的地位，明爭暗鬥，同室操戈，爭取父母的寵愛和家庭的地位。隨著時間的流逝，他自衞自利的圈子逐漸擴展，終至包括社團、社會、國家，甚或整個世界。舉例而言，他當了縣長，就想作省長，作了省長，就想攀登總統的寶座，然後依次晉升到地球球長、太陽系系主任，終於作了宇宙長，才會稍稍感到滿意。

這就是生存競爭的惡性循環。在個人方面，形成永無休止的爭名奪利；我相的擴大就是人相和衆生相，在黨派、團體、社會和獨立國家方面，則形成黨派鬥爭、種族歧視、國際緊張和戰爭等。這就是自無始以來，世界老是在騷擾動盪的原因。

自本世紀以來，我們經歷了兩次世界大戰，造成幾百萬人的死亡，受傷者還不計算在內。假如生命、財產、權力及領土競爭的惡性循環無法遏止，我們將遭遇另一次的世界戰爭，氫彈及其他致命武器的使用，將有消滅整個人類的危險。

由此可知，由我相而起的人我之見、是非之端，導致人我對立，生存競爭，優勝劣敗，此生彼滅，惡性循環，永無止期。這不就是壽者相嗎？《華嚴經》說：「忘失菩提心，修諸善法，是名魔業。」修道而不修心，一切迴向自己，「人不弘道，以道弘人」，名聞利養不求而至，現世爲人師，來生入地獄，可不哀哉！

如前所述，我問道學佛前後總有四十年之久。我日常持咒念佛觀想，從未稍懈，並且忝爲人師，談玄說法，著書立說，博得別人的讚譽，自我的陶醉和似是而非的成就感。但是起心動念還脫不出「我相」的樊籠，更那裡談得到解脫自在呢？唐朝的刺史李翶請示藥山禪師說：「《普門品》中『黑風吹其船舫至羅剎鬼子國』作何解釋呀？」藥山禪師板起臉來，大聲說道：「好個老小子，你竟連這句話都不懂，還作甚麼刺史呀！」李翺聽了，非常刺耳，心中不悅，怒形於色。藥山禪師見狀，又和顏悅色的說：「刺史！你現在不是被黑風吹送船舫到羅刹鬼子國裡嗎！」李翺智慧過人，言下大悟，禮謝而去。由此可知，學法的人擺脫我相千難萬難，一不小心便上了它的當。

瑞巖師彥禪師居丹丘瑞巖，坐磐石，終日如愚，每自喚：「主人公。」復應：「諾。」乃曰：「惺惺著，他後莫受人瞞。」那就是說，這位禪師時時警惕自己莫要上了我相、人相、眾生相和壽者相的當。後來愚菴智及禪師針對這個問題作頌說：

潦倒瑞巖無別法，尋常但道惺惺著，
凡聖由來共一家，誰是主人誰是客？

古語說：「一分耕耘，一分收穫。」多年以來，我寤寐以求的佛法又在那裡呢？打坐時，講道時，寫作時，佛法現前，眞實不虛。但是一起座，一住口，一擱筆，佛法便如清風過耳，了無踪影。這不是一場鬧劇嗎？在佛法洗禮之下，我的四相絲毫未減，貪嗔癡慢疑樣樣俱全，剩下的是似是而非的榮譽感，使我相膨脹，法相莊嚴，令人欣羡。我欺騙了他人，也欺騙了自己，祇有在佛前懺悔的分兒，更那能自鳴得意，欺世盜名呢？為了消除舊業，不作新殃，我經常持誦「八十八佛洪名寶懺」。

那麼佛法是不可學不可說的嗎？卻又不然。世尊說法四十九年，絕非無的放矢，代表言教的三藏十二部也非徒託空言。六祖慧能說：

> 經有何過，豈障汝念？祇為迷悟在人，損益由己。口誦心行，卽是轉經，口誦心不行，卽是被經轉，聽吾偈曰：
>
> 心迷法華轉，心悟轉法華；
>
> 誦經久不明，與義作仇家。

口誦心行就是禪家的「行解相應」，所謂「解」就是「理悟」，所謂「行」就是「事修」。「理悟」「事修」如車之二輪，交互為用，相輔而行。「理悟」以後，始知人生如夢，夢境本空，身心非有；事修得力，始能以理化情，以事顯理。蓋因歷劫多生顛倒妄想，生死流轉，習以性成，積重難返，何能一悟便徹，透脫夢境呀！但是未出輪迴，理悟、事修、覺、迷、醒、夢、生、死、涅槃皆成戲論，故言「修而無修，證而無證」。這種夢中談覺、以幻智對治幻境的修證方法，《圓覺經》稱爲「以幻除幻」，如兩木相磨，火出木燃，灰飛煙滅，兩俱消失，夢心夢境，了不可得，始能出夢。《圓覺經》又說：「知幻卽離，離幻卽覺。」「知幻」爲理悟，「離幻」爲心行，知行合一，始爲行解相應。但是「知」「行」之間尚有很大的距離，能知未必能行，能行未必能知，知而不行爲空知，行而不知爲盲行，知行合一，理事無礙，眞俗融通，始有入道之機。

就世法而言，理論與實際也有相當的差距，消弭理論與實際的差距，使之水乳交融、打成一片，也非一朝一夕之功。擧例而言，搞通了原子物理，如果沒有核能實驗的設備和經驗，也不能憑空架屋作出原子彈來。一個人在岸上學會游泳，無論自由式、蛙式、狗爬式，樣樣精通，一旦跳下水去，情況就不同了，各種紙上談兵的游泳招式都派不上用場，祇有沒頂下沈、向龍王報到的分兒。世間法如此，出世間法又何獨不然？單有悟境，未經事修，如跛腳驢，寸步難行。大慈寰中禪師說：「說得一丈不如行取一尺，說得一尺不如行取一寸。」

所謂行解相應，就是解中有行、行中有解，理悟事修打成一片，一直到解無所解、行無所行，才由漸修漸悟達到情識兩空、物我不立的頓悟階段。

契理爲漸修之基，頓悟爲漸修之果。無理入不能變相觀空，念起離念，見相離相，培養靈芽慧根（直覺超覺）。無漸修不能以事顯理，行解相應，一切玄言妙諦皆爲游思浮想，不能鞭辟入裡，裨益身心。

百丈禪師說：「……夫讀經看教，語言皆須宛轉歸諸自己。」那就是說，閱讀經論要透脫語言文字，體取言外之意、弦外之音。這樣才能作到心法相應、境智一如的地步。自從學佛以來，我和《心經》因緣殊勝，每逢命途多難，修學不力，魔障迭起，困擾身心，我便口誦心惟《心經》的經文。當我朗誦觀想「觀自在菩薩行深般若波羅密多時，照見五蘊皆空」的經文時，我彷彿看到一輪明月，湧現心頭，寒光四射，照徹了我的血肉之軀，胸腔四圍，血肉鮮明，骨骼交錯，脈胳縱橫，彼此糾結，形成了生命的假相，包括五臟六腑、四肢百骸、圓顱方趾，從而產生受想行識的心理現象、生住異滅的物理現象、生老病死的生理現象。意念的興起，像血氣之流的泡沫一樣，此起彼伏，生滅相續，川流不息，支配上述的心理、生理、物理現象的變現，因而這個生命的走馬燈，運轉不停，一直到身壞命終爲止。用佛家的智慧之光，來照穿了這個幻有實無的生命西洋景，那裡有什麼代表五根的眼耳鼻舌身、代表六塵的色聲香味觸法？物理現象的生住異滅和生理現象的生老病死，又何嘗不是人生迷夢中的錯覺呢？事實證明，我們身壞命終以後，血肉變爲氮肥，骨骼成爲磷肥，埋在地下，使草木發榮滋長，然後牧場的牛羊吃了青草，又經過腸胃的消化成爲鮮乳供人飲用。這種物質的變形易質，周而復始，如環無端，何有增減？何有淨垢？人生如夢，世界如煙，無所從來，無所從去，何有生死？何有迷悟？無衆生可度，無佛道可成，是以二乘聖人的苦集滅道亦成戲論，無明業識亦爲夢影邊事，更不值得一提了。明乎此，那裡會有煩惱憂患、顚倒妄想呢？

假如我們懷疑「諸法空相」的說法，我們不妨把時間的計算尺前後撥動五十年，看看結果如何？我們現在這裡聚會共修的不下一百人，五十年以前可能沒有一個人，五十年以後縱使有人來此聚會，恐怕全是生面孔了。談到這裡，我不妨引述王播的〈題壁詩〉以供大家玩味：

二十年前此院遊，木蘭花發院新修。
今日重來經行處，樹老無花僧白頭。

諸行無常，諸法無我，人生世相如過眼雲煙，稍縱卽逝。李白〈詠鳳凰臺詩〉云：「吳宮花草埋幽徑，晉代衣冠成古丘。」人事滄桑，今昔異勢，世界上沒有任何事物是長駐久存的呀！

佛家所謂「空」，就是「變」，並非空無一物。「諸法空相」係指人空、法空、空亦不立。但是眞空不空，眞空的背面就是妙有。大珠慧海禪師說：「於究竟空中熾然建立者，是眞善知識也。」我們藉用《心經》的般若智光觀照人生世相，代表幻智的心月輪自然湧現心頭，照徹群陰，包括色受想行識和五根六塵等。這是相似的妙有境界，不過妙有非有，一切都是假相，身心如幻，更不用說了。代表能觀之智的心月輪，和所觀之境的五蘊、五根、六塵等皆屬幻化，虛妄不實。這就是天台宗的一心三觀，由空出假，由假入中，因爲眞空妙有兩俱不立，成中道義。

這樣的反覆觀照下去，頓覺身心如幻，萬法皆空，一種明覺之感像飄風閃電一樣透徹身心。這種突如其來的心態轉變自然會引發生理反應，一霎時，張哇（口）吸氣，深入腹底，淚如湧泉，滂滂而下，全身鬆散暢舒，歷時幾近半分鐘之久。這種身心的變化，是否近似禪家開悟以後的身心異常狀態呢？這個問題的答案當然是否定的，因爲既未開悟，何能作此假定？否則有「未得言得，大妄語成」之過。

茲將禪家開悟以後，身心異常的事例檢列數則，以供讀者玩味：

> 水潦和尚問馬祖：「如何是西來意？」祖乃當胸蹋倒。師大悟，起來拊掌呵呵大笑云：「也大奇，也大奇！百千三昧，無量妙義，只向一毛頭上。」一時識得根源去，乃作禮而退。師後告衆云：「自從一喫馬祖蹋，直到如今笑不休。」
>
> ——《指月錄・卷九》

西來無意，不可言說，發此一問，無異虛空釘橛，多此一舉，當然祇有吃窩心腳的分兒。馬祖繞路說禪，用肢體語言(Body Language)傳達密意。當胸一腳是突如其來的生理刺激，打斷水潦的念想之流。一楞之下直起覺照，當下見性，始知心外無法，法外無心，法無高下，凡聖同源，百千三昧，無量妙義，和一根毫毛及百草梢頭一樣，都是本源自性的表徵，不一不異，何有分際？徹悟以後，如夢初醒，頓覺凡情聖境，煩惱解脫，生死涅槃皆成戲論，不覺失笑，所以他說：「自從一喫馬祖蹋，直到如今笑不休。」

由此可知，生理的刺激，會導致心路的轉向。相對的，心態的轉變，也會產生生理的變化。

洪州百丈山懷海禪師，福州長樂人，王氏子，兒時隨母入寺拜佛，指佛像問母曰：「此為誰？」母曰「佛也。」師曰：「形容與人無異，我後亦當作佛。」……(後)參馬大師為侍者……一日侍馬祖行次，見一群野鴨飛過，祖曰：「是甚麼？」師曰：「野鴨子。」祖曰：「甚處去也？」師曰：「飛過去也。」祖遂把師鼻扭，負痛失聲。祖曰：「又道飛過去也？」師於言下有省，卻歸侍者寮，哀哀大哭。同事問曰：「汝憶父母耶？」師曰：「無。」曰：「被人罵耶？」師曰：「無。」曰：「哭作甚麼？」師曰：「我鼻孔被大師扭得痛不徹。」……師再參，侍立次。祖目視繩床角拂子，師曰：「即此用，離此用。」祖曰：「汝向後開兩片皮，將何為人？」師取拂子豎起。祖曰：「即此用，離此用。」師掛拂子於舊處，祖振威一喝，師直得三日耳聾。汾陽昭作頌云：

每因無事侍師前，師指繩床角上懸。
舉放卻歸本位立，分明一喝至今傳。

——《指月錄·卷八》

萬法心生，宇宙萬象不出自性，野鴨子何曾飛過去也？馬祖勘驗學人，獨具慧眼，深知百丈為上根利器，頗堪彫琢，乃在彼此酬對之間，隨緣應機，以手扭痛百丈的鼻頭，以便截斷他的思想之流，使之直起覺照，當下見道。經過這次生理上的刺激，百丈的心路似轉非轉，似悟非悟，再參馬祖時，乃以繩床角拂子為題，發抒他的見地，以便決疑，故曰：「卽此用，離此用。」無非透露他的明體達用的消息。宇宙萬象包括繩床拂子，就本體而言，皆在現象邊收。如本體爲眞，則現象爲幻；知幻卽離，攝用歸體，體用一如，卽證菩提，故曰：「卽此用（幻），離此用。」這種見色明空、攝用歸體的道理是站得住的，但是馬祖深知百丈仍存知見，未能直心體道，故曰：「汝向後開兩片皮（嘴唇），將何爲人？」無非言明：搖舌鼓唇，發抒己見，已落言端，何能接引後學？百丈當下領會此意，乃以肢體語言表達捨妄卽眞、離用卽體的道理，乃豎起拂子表示依體起用，然後掛起拂子表示攝用歸體。這種明體達用的動作，雖然未落言端語端，仍未脫離知解，如何瞞得過馬祖？爲了斬斷百丈的情纏意鎖，馬祖縱聲一喝，使百丈身心震撼，三日耳聾，心波不起，如醉如癡，直下見道。

古德說：「大疑大悟，小疑小悟，不疑不悟。」悟的境界有高下之分，悟後的心理感應和生理反應也因人而異、強弱不等。我默觀《心經》的心理感應和生理反應，當然和開悟無關，不過聊備一格，以供讀者參詳教正。這種以教通宗的辦法，我開始試用，不過三個月，是否能將佛法滲入身心，尚待繼續查證。

演講於加州菩提學會・傅麗卿小姐錄音整理

原載《慧炬雜誌》

滄海叢刊書目㈠

國學類

中國學術思想史論叢㈠～㈧	錢　穆　著
現代中國學術論衡	錢　穆　著
兩漢經學今古文平義	錢　穆　著
宋代理學三書隨劄	錢　穆　著
論語體認	姚式川　著
西漢經學源流	王葆玹　著
文字聲韻論叢	陳新雄　著
楚辭綜論	徐志嘯　著

哲學類

國父道德言論類輯	陳立夫　著
文化哲學講錄㈠～㈤	鄔昆如　著
哲學與思想	王曉波　著
內心悅樂之源泉	吳經熊　著
知識、理性與生命	孫寶琛　著
語言哲學	劉福增　著
哲學演講錄	吳　怡　著
後設倫理學之基本問題	黃慧英　著
日本近代哲學思想史	江日新　譯
比較哲學與文化㈠㈡	吳　森　著
從西方哲學到禪佛教——哲學與宗教一集	傅偉勳　著
批判的繼承與創造的發展——哲學與宗教二集	傅偉勳　著
「文化中國」與中國文化——哲學與宗教三集	傅偉勳　著
從創造的詮釋學到大乘佛學——哲學與宗教四集	傅偉勳　著
中國哲學與懷德海	東海大學哲學研究所主編
人生十論	錢　穆　著
湖上閒思錄	錢　穆　著
晚學盲言(上)(下)	錢　穆　著
愛的哲學	蘇昌美　著
是與非	張身華　譯

邁向未來的哲學思考	項退結 著
逍遙的莊子	吳怡 著
莊子新注（內篇）	陳冠學 著
莊子的生命哲學	葉海煙 著
墨子的哲學方法	鍾友聯 著
韓非子析論	謝雲飛 著
韓非子的哲學	王邦雄 著
法家哲學	姚蒸民 著
中國法家哲學	王讚源 著
二程學管見	張永儁 著
王陽明——中國十六世紀的唯心主義哲學家	張君勱著、江日新譯
王船山人性史哲學之研究	林安梧 著
西洋百位哲學家	鄔昆如 著
西洋哲學十二講	鄔昆如 著
希臘哲學趣談	鄔昆如 著
中世哲學趣談	鄔昆如 著
近代哲學趣談	鄔昆如 著
現代哲學趣談	鄔昆如 著
現代哲學述評㈠	傅佩榮編譯
中國十九世紀思想史(上)(下)	韋政通 著
存有・意識與實踐—— 熊十力體用哲學之詮釋與重建	林安梧 著
先秦諸子論叢	唐端正 著
先秦諸子論叢(續編)	唐端正 著
周易與儒道墨	張立文 著
孔學漫談	余家菊 著
中國近代新學的展開	張立文 著
哲學與思想——胡秋原選集第二卷	胡秋原 著
從哲學的觀點看	關子尹 著
中國死亡智慧	鄭曉江 著

宗教類

天人之際	李杏邨 著
佛學研究	周中一 著
佛學思想新論	楊惠南 著

現代佛學原理　　鄭金德 著
絕對與圓融——佛教思想論集　　霍韜晦 著
佛學研究指南　　關世謙 譯
當代學人談佛教　　楊惠南 編著
從傳統到現代——佛教倫理與現代社會　　傅偉勳 主編
簡明佛學概論　　于凌波 著
修多羅頌歌　　陳慧劍 譯著
禪話　　周中一 著
佛家哲理通析　　陳沛然 著
唯識三論今詮　　于凌波 著

自然科學類

異時空裡的知識追逐
——科學史與科學哲學論文集　　傅大為 著

應用科學類

壽而康講座　　胡佩鏘 著

社會科學類

中國古代游藝史
——樂舞百戲與社會生活之研究　　李建民 著
憲法論叢　　鄭彥棻 著
憲法論集　　林紀東 著
國家論　　薩孟武 譯
中國歷代政治得失　　錢穆 著
先秦政治思想史　　梁啓超原著、賈馥茗標點
當代中國與民主　　周陽山 著
釣魚政治學　　鄭赤琰 著
政治與文化　　吳俊才 著
世界局勢與中國文化　　錢穆 著
海峽兩岸社會之比較　　蔡文輝 著
印度文化十八篇　　糜文開 著
美國的公民教育　　陳光輝 譯
美國社會與美國華僑　　蔡文輝 著
文化與教育　　錢穆 著
開放社會的教育　　葉學志 著

大眾傳播的挑戰	石永貴 著
傳播研究補白	彭家發 著
「時代」的經驗	汪琪、彭家發 著
書法心理學	高尚仁 著
清代科舉	劉兆璸 著
排外與中國政治	廖光生 著
中國文化路向問題的新檢討	勞思光 著
立足臺灣，關懷大陸	韋政通 著
開放的多元化社會	楊國樞 著
臺灣人口與社會發展	李文朗 著
財經文存	王作榮 著
財經時論	楊道淮 著

史地類

古史地理論叢	錢穆 著
歷史與文化論叢	錢穆 著
中國史學發微	錢穆 著
中國歷史研究法	錢穆 著
中國歷史精神	錢穆 著
憂患與史學	杜維運 著
與西方史家論中國史學	杜維運 著
清代史學與史家	杜維運 著
中西古代史學比較	杜維運 著
歷史與人物	吳相湘 著
共產國際與中國革命	郭恒鈺 著
抗日戰史論集	劉鳳翰 著
盧溝橋事變	李雲漢 著
歷史講演集	張玉法 著
老臺灣	陳冠學 著
臺灣史與臺灣人	王曉波 著
變調的馬賽曲	蔡百銓 譯
黃　帝	錢穆 著
孔子傳	錢穆 著
宋儒風範	董金裕 著
增訂弘一大師年譜	林子青 著
精忠岳飛傳	李安 著

唐玄奘三藏傳史彙編	釋光中 編
一顆永不殞落的巨星	釋光中 著
新亞遺鐸	錢穆 著
困勉強狷八十年	陶百川 著
我的創造・倡建與服務	陳立夫 著
我生之旅	方治 著

語文類

文學與音律	謝雲飛 著
中國文字學	潘重規 著
中國聲韻學	潘重規、陳紹棠 著
詩經研讀指導	裴普賢 著
莊子及其文學	黃錦鋐 著
離騷九歌九章淺釋	繆天華 著
陶淵明評論	李辰冬 著
鍾嶸詩歌美學	羅立乾 著
杜甫作品繫年	李辰冬 著
唐宋詩詞選——詩選之部	巴壺天 編
唐宋詩詞選——詞選之部	巴壺天 編
清眞詞研究	王支洪 著
苕華詞與人間詞話述評	王宗樂 著
元曲六大家	應裕康、王忠林 著
四說論叢	羅盤 著
紅樓夢的文學價值	羅德湛 著
紅樓夢與中華文化	周汝昌 著
紅樓夢研究	王關仕 著
中國文學論叢	錢穆 著
牛李黨爭與唐代文學	傅錫壬 著
迦陵談詩二集	葉嘉瑩 著
西洋兒童文學史	葉詠琍 著
一九八四	George Orwell原著、劉紹銘 譯
文學原理	趙滋蕃 著
文學新論	李辰冬 著
分析文學	陳啓佑 著
解讀現代・後現代 ——文化空間與生活空間的思索	葉維廉 著

中西文學關係研究	王潤華著
魯迅小說新論	王潤華著
比較文學的墾拓在臺灣	古添洪、陳慧樺主編
從比較神話到文學	古添洪、陳慧樺主編
神話卽文學	陳炳良等譯
現代文學評論	亞菁著
現代散文新風貌	楊昌年著
現代散文欣賞	鄭明娳著
實用文纂	姜超嶽著
增訂江皋集	吳俊升著
孟武自選文集	薩孟武著
藍天白雲集	梁容若著
野草詞	韋瀚章著
野草詞總集	韋瀚章著
李韶歌詞集	李韶著
石頭的研究	戴天著
留不住的航渡	葉維廉著
三十年詩	葉維廉著
寫作是藝術	張秀亞著
讀書與生活	琦君著
文開隨筆	糜文開著
印度文學歷代名著選(上)(下)	糜文開編譯
城市筆記	也斯著
歐羅巴的蘆笛	葉維廉著
移向成熟的年齡——1987～1992詩	葉維廉著
一個中國的海	葉維廉著
尋索：藝術與人生	葉維廉著
山外有山	李英豪著
知識之劍	陳鼎環著
還鄉夢的幻滅	賴景瑚著
葫蘆・再見	鄭明娳著
大地之歌	大地詩社編
往日旋律	幼柏著
鼓瑟集	幼柏著
耕心散文集	耕心著
女兵自傳	謝冰瑩著

抗戰日記	謝冰瑩 著
給青年朋友的信(上)(下)	謝冰瑩 著
冰瑩書柬	謝冰瑩 著
我在日本	謝冰瑩 著
大漢心聲	張起鈞 著
人生小語㈠～㈥	何秀煌 著
記憶裏有一個小窗	何秀煌 著
回首叫雲飛起	羊令野 著
康莊有待	向陽 著
湍流偶拾	繆天華 著
文學之旅	蕭傳文 著
文學邊緣	周玉山 著
文學徘徊	周玉山 著
種子落地	葉海煙 著
向未來交卷	葉海煙 著
不拿耳朵當眼睛	王讚源 著
古厝懷思	張文貫 著
材與不材之間	王邦雄 著
忘機隨筆——卷一・卷二	王覺源 著
詩情畫意——明代題畫詩的詩畫對應內涵	鄭文惠 著
文學與政治之間——魯迅・新月・文學史	王宏志 著
洛夫與中國現代詩	費勇 著

美術類

音樂人生	黃友棣 著
樂圃長春	黃友棣 著
樂苑春回	黃友棣 著
樂風泱泱	黃友棣 著
樂境花開	黃友棣 著
音樂伴我遊	趙琴 著
談音論樂	林聲翕 著
戲劇編寫法	方寸 著
戲劇藝術之發展及其原理	趙如琳譯著
與當代藝術家的對話	葉維廉 著
藝術的興味	吳道文 著
根源之美	莊申 著

扇子與中國文化	莊　中　著
水彩技巧與創作	劉其偉　著
繪畫隨筆	陳景容　著
素描的技法	陳景容　著
建築鋼屋架結構設計	王萬雄　著
建築基本畫	陳榮美、楊麗黛　著
中國的建築藝術	張紹載　著
室內環境設計	李琬琬　著
雕塑技法	何恆雄　著
生命的倒影	侯淑姿　著
文物之美——與專業攝影技術	林傑人　著

滄海美術叢書

儺ㄋㄨㄛˊ史——中國儺文化概論	林　河　著
挫萬物於筆端——藝術史與藝術批評文集	郭繼生　著
貓・蝶・圖——黃智溶談藝錄	黃智溶　著